南平市政协文化文史和学习委员会
政 协 邵 武 市 委 员 会

红军虎将·

罡风 著

海峡出版发行集团 | 海峡文艺出版社

图书在版编目(CIP)数据

红军虎将·黄立贵/罡风著. —福州:海峡文艺
出版社,2020.12(2021.9重印)
(血脉)
ISBN 978-7-5550-2259-6

Ⅰ.①红… Ⅱ.①罡… Ⅲ.①传记文学—中
国—当代 Ⅳ.①I25

中国版本图书馆 CIP 数据核字(2020)第 269691 号

红军虎将·黄立贵

罡 风 著
责任编辑 莫 茜
出版发行 海峡文艺出版社
经 销 福建新华发行(集团)有限责任公司
社 址 福州市东水路 76 号 14 层 邮编 350001
发 行 部 0591—87536797
印 刷 福州印团网电子商务有限公司 邮编 350007
厂 址 福州市红江路 2 号浦上工业园 B 区 53 号楼 1—3 层
开 本 700 毫米×1000 毫米 1/16
字 数 130 千字
印 张 12.25 插页 6
版 次 2020 年 12 月第 1 版
印 次 2021 年 9 月第 3 次印刷
书 号 ISBN 978-7-5550-2259-6
定 价 50.00 元

如发现印装质量问题,请寄承印厂调换

　　1962 年 4 月，黄立贵儿子、女儿及大孙女到武夷山祭祖，左一黄义先、右一黄秋香、女孩黄日红（黄义先提供）

　　1962 年 4 月，黄立贵儿子黄义先、儿媳周德美及大孙女黄日红到武夷山祭祖（黄义先提供）

　　1982 年 4 月，黄立贵后代到武夷山祭祖，左起：陈金旺（黄立贵女婿）、黄秋香（黄立贵女儿）、黄义先（黄立贵儿子）、周德美（黄立贵儿媳）、黄日红（黄立贵大孙女）、黄日升（黄立贵孙子）、黄日晖（黄立贵小孙女）（黄义先提供）

　　1995年4月，黄立贵后代到邵武走访，左起：茆俊德、程开文、黄义先、周德美（黄义先提供）

　　1995 年 4 月，黄立贵后代到武夷山祭祖，前排右起：周德美、黄义先、黄秋香、陈金旺（黄义先提供）

　　2019 年 4 月，作者等拜访黄义先，前排左起：周刚峰、黄义先、陈昶，后排左起：黄长迎、王宝桥、黄日红、黄日晖（邵武政协提供）

　　2019 年 4 月，黄立贵孙辈到邵武市政协座谈，左起：周刚峰、黄日晖、黄日红、黄日升、蔡忠明、陈昶、王宝桥、何建斌、黄长迎（邵武政协提供）

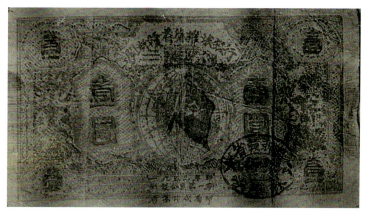

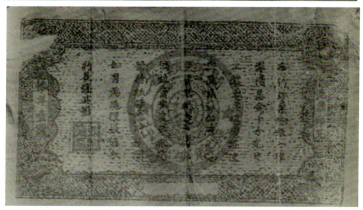

1932年闽浙赣省苏维埃银行发行的"壹圆"钱币正反面
（邵武档案馆提供）

黄立贵配带多年的手雷壳（邵武档案馆提供）

1983 年 8 月，中华人民共和国民政部颁发的黄立贵革命烈士证明书（黄义先提供）

2014 年 9 月，中华人民共和国民政部颁发的黄立贵烈士证明书（黄义先提供）

"红旗不倒"礼赞

——序《血脉——闽北革命历史人物》丛书

黄健平

　　"宁化、清流、归化，路隘林深苔滑。今日向何方？直指武夷山下。山下山下，风展红旗如画。"1930年1月，一代伟人毛泽东在翻越武夷山麓途中，用他的如椽大笔，抒发着气吞山河的革命浪漫主义情怀。

　　每当我吟咏这首铿锵高亢的《如梦令·元旦》词句时，不禁心潮澎湃，热血沸腾——脑海里浮现的是那段风雨如磐的峥嵘岁月，那片"红旗不倒"的英雄土地。从血雨腥风的大革命浪潮到漫天硝烟的土地革命，从烽火连天的抗日战争到炮声隆隆的解放战争，这个涵盖闽北及闽赣闽浙交界纵横300多公里、拥有近60万人口的革命老区，为革命的胜利付出了毁村1122个、绝户17245家的巨大牺牲，在长达二十多年的革命斗争中创造了"红旗不倒"的千秋伟业——

　　1926年夏天，中共建瓯支部成立，宣告闽北成为福建最早建党的四个地区之一；1928年9月和1929年1月，上梅农民暴动，建立了工农武装，闽北成为福建五大农民暴动地之一；1931年4月和1932年9月，方志敏两次亲率红十军入闽，闽北苏区被纳入中央苏区的版图，成为毛泽东称颂的"方志敏式的根据地"之一；自1936年6月闽赣省委成立至新中国建立，闽北是中共闽赣省委、福建省委和闽浙赣省委等三个省级党组织的诞生地及长期战斗地；1934年10月中央主力红军长征后，闽北成为南方三年游击战争中建立的15块游击根据地之一；1938年10月，闽北红军游击队被编入新四军第三支队，闽北成为新四军的重要来源地之一；1949年6月16日，闽北全境解放，成为解放大军纵深推进解放全福建的前进基地。

从此，"直指武夷山下，风展红旗如画"成为红色闽北生动而真实的写照，成为闽北老区精神的诗意概括。闽北革命"红旗不倒"的历史告诉我们，闽北老区精神集中体现了坚定信念、实事求是、爱党爱国、顾全大局、无私奉献、一心为民、清正廉洁、艰苦奋斗、开拓创新等为主要内涵的革命精神和以"为了群众、依靠群众、与群众始终保持血肉关系"为核心内容的优良作风。

"为有牺牲多壮志，敢教日月换新天。"成千上万的闽北老区仁人志士用他们的鲜血和生命，在这块红土地上尽情挥洒"红旗不倒"的革命风流。方志敏、彭德怀、粟裕、谭震林、滕代远、叶飞、陈丕显等老一辈革命家曾经在这片深山密林中扬鞭跃马、纵横驰骋。更有杨峻德、黄道、黄立贵、王文波、陈贵芳等一大批闽北共产党人，用他们的英雄气概和铮铮铁骨熔铸成一个个顶天立地的不朽灵魂，凝结成生生不息的红色基因：老区精神是一种坚定不移的理想信念，一种不屈不挠的顽强斗志，一种无私奉献的博大胸怀，一种艰苦奋斗的优良作风，一种人民至上的道德情操，一种求真务实的科学态度。

革命老区是中国革命的根，是人民共和国的摇篮。碧水丹山的老区人民见证了"没有共产党就没有新中国"的历史，探寻了"以农村包围城市"的中国革命道路，昭示了"只有社会主义才能救中国"的真谛。老区精神集中体现的是中国共产党人政治本色和精神特质，是社会主义核心价值体系的"源头活水"。

不忘初心、砥砺前行。为了继承先烈遗志、弘扬红色文化，做到"两个维护"、增强"四个意识"、坚定"四个自信"，我们组织编撰出版《血脉——闽北革命历史人物》系列丛书，颂扬革命先辈伟绩，唱响"红旗不倒"礼赞，以期为南平绿色发展落实赶超增添奋进拼搏的精神动力，激励闽北人民谱写民族复兴伟大梦想的南平篇章。

一切伟大成就都是接续奋斗的结果，一切伟大事业都需要在继往开来中推进。

闽北老区，红旗不倒！革命先辈，精神不朽！

2018 年冬月于南平

（作者系福建省南平市政协主席）

序

吴国顺

在建党一百周年前夕，由邵武作家撰写的长篇红色传记文学
《红军虎将·黄立贵》即将付梓出版，这对推动邵武红色文化建
设、传承有着重要意义。习近平总书记指出："天地英雄气，千秋
尚凛然。一个有希望的民族不能没有英雄，一个有前途的国家不
能没有先锋。"战斗、牺牲在邵武的黄立贵就是这样的一位英雄。

黄立贵，1906 年 9 月出生于江西省横峰县，1927 年底，黄立
贵参加方志敏领导的弋横起义。1930 年 11 月，在闽北红军遭到重
创时黄立贵临危受命，肩负起重建闽北红军的重任，担任闽北独
立团团长。从此，他率部转战在闽北的崇山峻岭中，为闽北苏区
和红军的发展浴血奋战。在他的指挥下，闽北红军不断壮大，
1933 年 11 月闽北独立团在邵武扩编为闽北独立师，黄立贵任师
长。中央红军长征后，黄立贵率领闽北红军展开了艰苦卓绝、独
立自主的三年游击战，取得卓越的战绩，保存并壮大了闽北游击
根据地，为红军保存了一支骨干力量，保持了闽北老区红旗不倒
的光荣。1937 年 7 月，黄立贵在回省委商议抗日战略的途中，被
敌重兵包围在邵武洒溪桥梧桐隙，长途跋涉的黄立贵寡不敌众，
在掩护同志们撤退中不幸壮烈牺牲。新中国成立后，邵武人民政
府在黄立贵牺牲地设立黄立贵纪念碑。

长篇红色传记文学《红军虎将·黄立贵》在忠于史实的基础上，以革命先烈黄立贵的战斗经历为主线，再现了黄立贵光辉的一生，塑造了红军虎将黄立贵有血有肉、智勇双全的英雄形象和战斗群体。作品注重红色传记的真实性、可读性、文学性，通篇采用近百个战斗故事，环环相扣，以章回体结构叙事，通俗流畅，情景生动，人物形象丰满，故事性强，在红色人物传记文学中可谓一次有益的尝试。

鉴往知来，不忘初心，红色故事所展示的革命精神来源于革命时期中国共产党人长期艰苦卓绝的革命斗争实践。作为中央苏区、闽北苏区的重要组成部分，邵武是一座光荣的城市，在土地革命时期，革命先辈黄道、黄立贵、曾镜冰等中国共产党人领导邵武人民与反动黑暗的统治阶级进行了不屈不挠、艰苦卓绝的顽强斗争，涌现出大量可歌可泣的英雄事迹。

传承红色文化的精神力量，是我们党政治能力建设的体现，也是最重要的执政能力、执政本领之一。习近平总书记在湖南参观"半条被子的温暖"专题陈列馆时强调：要用好这样的红色资源，讲好红色故事，搞好红色教育，让红色基因代代相传。我们要在全社会积极广泛开展红色故事和红色历史教育，这既是加强中华民族理想信念教育的题中之意，更是适应时代需要、提升党的使命担当意识、中华民族爱国精神培养与养成的重要手段。《红军虎将·黄立贵》的创作和出版，让我们再次回眸这段英雄的岁月，对把握好党的正确政治方向、价值取向、舆论导向必将起到汲取力量源泉的作用。

是为序。

（作者系中共邵武市委书记）

5

目 录

血脉——红军虎将·黄立贵

第一章

救闽北方志敏挥师入闽
诛恶霸黄立贵首战立功

闽北革命根据地，地处武夷山脉北段，闽、浙、赣三省交界处，山峦重叠，地势险要，土地肥沃，物产丰富，人称"八闽屏障"。它北靠信江，南依闽江，东临大海，西至抚河，隔信江与赣东北根据地相望，跨过闽江可以到中央革命根据地，它先是赣东北（闽浙赣）革命根据地的一部分，后是闽赣省革命根据地的一部分，又是一块相对独立的根据地，在战略地位上十分重要。

1930年7月，中共中央决定赣东北根据地与闽北根据地合并，组建赣东北特委，同时将闽北红军主力调往赣东北参与进攻九江的战斗，造成闽北根据地兵力空虚。1930年10月，蒋介石发动了全国性的第一次反革命"围剿"，国民党省防军暂编第一旅（钱玉光旅）在江西汤恩伯部胡其三、马励武2个团的配合下，向闽北苏区发起进攻，留守闽北的红军英勇奋战，但面对敌人的优势兵力，根据地大面积缩小。为挽救闽北危机，赣东北特委于1930年10月底调回北上的闽北红军独立团300余人，在谢春銽团长的率领下入闽与留守的闽北红军并肩作战。

闽北独立团在崇安黄土、枫坡、公馆等地阻击钱玉光部，屡获战果，收复了崇安西南部的大部分苏区，取得了第一次反"围剿"的胜利。1931年1月，根据赣东北特委的指示，在崇安坑口正式成立中共闽北分区委员会。

蒋介石对中央苏区的第一次"围剿"失败后，又于1931年2月任命其军政部长何应钦为南昌行营主任，主持湘、鄂、赣、闽4省"围剿"红军，发动对苏区的第二次反革命"围剿"。这年3月，国民党向中共闽北分区委发起比第一次更大规模的"围剿"。参与"围剿"的敌军有福建海军陆战队林秉周旅、省防军刘和鼎部钱玉光旅及江西守敌胡其三、马励武的2个团共2万余人。敌军采用分兵驻扎、步步推进的战术，疯狂烧、杀、掳、掠，大批红军家属和革命群众遇难。在敌强我弱的劣势下，闽北红军独立团退守闽赣边界的大山中，被敌钱玉光部包围在崇安黄龙岩梭罗洋。激战中谢春镶团长英勇牺牲，闽北根据地再度陷入危急。2月25日，何应钦电令刘和鼎部"依限推进"，拟定3月份发起总攻，妄图一举消灭我闽北红军。闽北分区委在坑口大王凹召开紧急会议，派人化装突围到赣东北特委求援。闽北分区委党政军机关被迫转移至闽赣边境的大王、五府山岗一带山上打游击，闽北根据地大片土地丢失。

闽北的形势牵动着赣东北特委领导人方志敏的心，接到闽北求援急报后，赣东北特委提出保卫闽北就是保卫赣东北的口号，决定由红十军政委方志敏、军长周建屏率部立即入闽作战，以解除闽北根据地的危急。1931年4月下旬，方志敏、周建屏率领红十军4000余人，从横峰铺前出发，先克华埠，再渡过信江，经石溪，沿上（饶）铅（山）边境过松岭、岩前、墩头、马鞍山、石门源、月山脚、厚田、期思渡，直奔闽赣边武夷山北面门户石塘镇而来。

石塘镇位于铅山县境东南部，武夷山北面中部，北临信江和浙赣铁路，南面与福建省崇安县交界，是连接赣闽两省的咽喉要地，战略位置十分突出。镇内店铺林立，纸号、茶庄星布，人口稠密，经济繁荣，是闽赣边一个重要的商业集镇，也是铅山国民党反动派统治东南山区的重要据点。国民党军队在镇北城墙外设有两座碉堡，镇东的平头山顶上有一座炮台，四周是坚固的城墙和宽而深的护城河，派有陈祖寿商团、任老汉保卫团两部人马驻守。

任家保卫团由地方恶霸、反动势力组建。担任任家保卫团团长的任老汉是铅山一霸任正余的儿子。任正余有七个兄弟，当地群众称之为"七老虎"。任家一族凭借家族势力在整个武夷山区作威作福、鱼肉百姓。任老汉长得身材魁梧、虎背熊腰，16 岁就能挑两担谷在田埂上行走，还能将 300 多斤的春臼双手端起，剽悍的任老汉因此深受铅山反动派的赏识。此次国民党当局将任家保卫团调来和当地陈祖寿商团共同驻守石塘，可见对石塘的重视。

4 月 26 日上午 8 时左右，方志敏率领红十军到达石塘镇北的八角亭附近。石塘镇北有一座小山包，方志敏、周建屏登上小山包观察周围的地形，拿起望远镜朝石塘方向瞭望。随行的特务营营长黄立贵连忙打开地图，方志敏一会儿凝视着地图，一会儿俯视石塘，一个攻打石塘镇的计划悄然形成：一路直插平头山顶炮台，打下炮台后居高临下摧毁敌人的碉堡；一路由八角亭直插镇北的城门口，断敌退路，相机冲入镇区歼灭镇里守敌。周建屏看了一眼身边挺立的黄立贵，与方志敏说道："这直插北门，吃掉任老虎的任务就交给我们的黄老虎如何？"这黄老虎就是方志敏给他爱将特务营营长黄立贵起的绰号。不等方志敏回答，黄立贵双腿

3

一并，面朝两位首长，一个标准的军礼："保证完成任务！"引得两位首长哈哈大笑。

黄立贵是江西省横峰县青板桥黄家村人①，1905 年 8 月 31 日出生在一个贫苦农民家庭。一家四口，父亲黄金冬，母亲张梅莲，妹妹黄荷兰。他年龄稍大就拜师学艺，背着木头箱子穿乡过村，靠木工手艺糊口，长期的流动生活使他饱饮人间的苦酒，多年的挥斧弄锯使他练出了过人的臂力。1925 年夏天，他在好友吴先民的引导下，毅然参加青板桥秘密农民协会，通过斗争，逐步认识到了反剥削、求解放的革命道理，立志改革不合理的社会制度，从此踏上了革命的征途，很快就成为农会的积极分子和领导人。1927 年 12 月，方志敏领导的弋阳、横峰农民暴动如一声春雷，呼唤着各路的人马。吴先民、黄立贵率 2000 多名农会会员加入了暴动的行列，黄立贵任农民起义军第三路指挥。起义大军兵分六路，向四周农村广泛地开展武装斗争，建立苏维埃政权。黄立贵作为暴动中的优秀分子光荣入党。弋阳、横丰暴动遭到了敌人的残酷镇压，敌人凶残地杀害了他父亲黄金冬，黄立贵被迫从家乡出走，次年 7 月正式参加了红军。黄立贵参军后，不仅勇猛顽强，敢打敢拼，不怕牺牲，还表现出机智灵活良好的军人素质。方志敏深深喜欢这个年轻人的英勇善战和机智灵活，长期以来将他留在身边加以刻意培养，并将仅读过 3 年私塾的黄立贵于 1929 年到 1930 年初，先后两次选送到信江军政学校（迁葛源后，改称彭杨军校）去培训。结业后，正逢赣东北土地革命军改称江西红军独立第一团，黄立贵任第五连连长，参加了攻打景德镇的战斗。乐平改编后，独立第一团发展到 4000 余人，扩编为江西红军第一师。这

_____

① 福建浦城县曾以黄立贵为浦城人，向民政部申请烈士，并得民政部认可。但主流史料记载多认为黄立贵为江西横峰人，可考黄立贵早年生活和活动也在横峰。

时，黄立贵任第四旅八十七团的营长，不久，他升任教导团团长。1930年7月，闽北苏区划归赣东北，闽北红军编入红十军。红十军成立后，方志敏亲调黄立贵任军部特务营营长，担当保卫军部和克坚攻难的重任。在长期的战斗中黄立贵屡立战功，成为方志敏纵横赣东北的得力干将。对这样的一个年轻将领，方志敏充满了信任和期待。

夜幕初起，正当敌军换防时，嘹亮的冲锋号角响起。霎时，"冲呀""杀呀"的雄壮声此起彼伏。黄立贵率领特务营如下山的猛虎，穿过敌人"嗖嗖"的子弹，越过护城河，向石塘镇北门冲去，守北门的是敌陈祖寿商团的富家子弟老爷兵，他们哪见过这阵势，慌乱中丢下阵地，涌进北门逃命，慌乱中连城门都来不及关上。黄立贵留下一连战士把守北门阵地，自己率部分战士顺势冲入北门。正在城墙上巡防的陈祖寿吓得顾不得与任老汉联系，匆匆跑下城楼，带上少数亲信、家丁慌忙逃出南门，绕道往永平镇方向逃窜。此时任老汉带着几个团丁正从团部赶往北门增援，与黄立贵正好在巷道狭路相逢。一场激烈的巷战后，任老汉发现形势不妙，叫团丁们顶住，自己只身攀上屋顶沿屋脊往南狂奔而逃。黄立贵见状，也来不及通知战友，转身直接从小斜巷向南插去。当他追到松泰行弄口时，刚好与从屋顶上下来的任老汉撞上。松泰行弄是坐落在两边高高的院墙之间的一条长50米，宽不足2米鹅卵石铺就的狭小巷道，也是逃出石塘镇的唯一出路。

惊慌失措的任老汉甩手向黄立贵开了一枪，乘黄立贵闪避的瞬间，跃上潘中和纸栈的后门，隐身门楣后头。狭窄的巷道，空气似乎凝固，剑拔弩张间，双方都在紧张地等待时机。门楣上方有一燕子窝，归巢的燕子突然发现门楣后有人，惊叫一声从门楣上掠过。隐身门楣后的任老汉被燕子惊动转了个身，冒出半个头。

5

抓住这瞬间的机会，黄立贵连续三枪朝门楣打去，门楣上腾起一片尘土，撒得任老汉一头一脸。一向性格暴躁的任老汉终于沉不住气了，一手攀住门楣，一手拔出腰间的短枪"砰砰"两枪向黄立贵隐身的方向射去，趁黄立贵躲避，他双脚向上一跃，手脚同时撑着两边的墙壁，向墙头上攀爬，一只脚已踏到墙头的边沿处。就在任老汉翻身要越墙逃跑时，说时迟，那时快，黄立贵就着微弱的月光"啪啪"两枪，作恶多端的任老汉重重地从墙头摔下，被当场击毙。

而此时，各处的巷战也已结束，激战不到一个小时，红十军就完全占领了石塘镇。

第二天，方志敏在抚州会馆（今石塘小学内）召开了群众大会。由于红军的政策深得民心，市面很快恢复正常，社会秩序迅速得到稳定。在群众的举报和支持下，一批隐藏的土豪劣绅被捉，罪大恶极的被枪决，一大批地主的财产被充公，有效地补充了军队的给养。

第二章

土行孙巧取长涧源
黄立贵阻敌赤石街

红十军在石塘镇稍事休息后，越过温林关，顺利进入福建境内，趁势拿下崇安坑口，与闽北红军会合。首先恢复了闽北分区委所在地坑口区委和区苏维埃政府。

4月28日，红十军在武夷山温林关与闽北独立团余部会合，随即发起长涧源战斗。长涧源虽是小村庄，却是江西进入闽北的要道，又是威胁闽北根据地的一个重要据点。驻守长涧源的是福建土著军阀卢兴邦部一个连，敌人依托路口的大庙改建成坚固的碉堡，周围挖了壕沟，并将周围的民房全部拆掉，形成一片无死角的开阔地。

我军快到长涧源时，天空中飘起了细雨，等到达目的地，天色将暗，雨也停了，大军趁势把长涧源包围得水泄不通。毫无防备的敌军以为是没有什么装备的闽北独立团残部，满不在乎依托壕沟向我军开枪，等发现是赣东北红军主力时才慌忙躲进碉堡里再也不敢出来，只是仗着周边的开阔地躲在里面打冷枪顽抗。面对碉堡前无死角开阔地的不利地形，我军派人向里面喊话说："你们出来吧！缴枪不杀。你们都是被拉壮丁拉来的，家里有年老的父母、有妻子儿女等着你们。你们在这里死了是白死的，只是为了那些大官儿发洋财。你们这样死一点价值也没有，快快过来吧……"但敌军官拔出手枪威胁士兵说："谁想通敌，就地枪决！"政治攻势没能起到作用。

第二天天亮，我军派了几批"敢死队"向敌人猛扑过去，敌人顿时紧张起来，碉堡里的机枪、步枪接连地响个不停。但终因地势不利，我军经过一天一夜的激战，几次冲锋，未将碉堡攻下来，还有些伤亡。而得意忘形的敌人以为度过了危险关头，甚至竟在里面敲锣打鼓地自我壮胆，庆祝"胜利"。

面对猖狂的敌人，啃下这块硬骨头的任务又落到善打硬仗的黄立贵特务营肩上。夜晚，黄立贵查看地形后决定采取坑道作业，土行孙钻到敌人碉堡底下去智取。在离碉堡百米外有一户破屋，黄立贵命令工兵在屋内挖地道，先竖着挖下 2 米深，然后对准敌人碉堡横着挖去，挖出来的泥土堆在屋子里，外面一点也看不出什么动静。一部分战士依然不时对碉堡打几枪作掩护，敌人以为我军无力进攻，仍在碉堡里敲锣打鼓，自我壮胆。

一夜的紧张挖掘，天刚亮时，我军已挖到碉堡下面，并将许多引火用的东西浇上火油点燃，顿时，碉堡的后半间弥漫了烟火，敌人慌忙地躲到前半间去。原来敌人用夹墙把碉堡隔成前后两半间，而我们的土行孙直接钻到后半间下面点了火。我军弄清碉堡里的情况后，马上把前半间也挖通了。一会儿，整个碉堡都是烟雾火焰，敌人再也无处可守了。楼上的敌军用竹竿系了块白布伸到外面，同时纷纷把枪支往外丢下来，高声乱嚷道："我们投降了！饶命啊！"

顽固的敌连长带了一部分人冲出门来，可是我军早准备好一挺机枪在外面等着，敌连长一露头，机枪立刻响起来，敌连长应声而倒，跟在他后面的敌军，吓得面无人色，有的丢了枪，举起手，有的跪在地上喊饶命。

石塘镇和长涧源战斗，特务营营长黄立贵的勇猛和机智再次给方志敏留下深刻的印象，在方志敏的脑海里一个巩固闽北根据地的方案已经形成。

长涧源战斗结束后，部队经过了三天的休整，5月3日乘胜直趋距崇安城仅10多华里国民党重兵把守的赤石街。

赤石街面溪背山，是福建名茶——武夷岩茶的集散地，九个码头沿溪分布，像九只龙头，吞吐着前来赤石街交易的茶叶、大米、笋干、木材、纸张等武夷特产，赤石也因此而成为崇阳溪畔的重镇。每年岩茶一上市，赤石街挤满了来自各地的岩茶茶商，4月底5月初正是春茶上市交易时节，商贾云集，方志敏决定利用这一时机在此为部队筹集军饷。赤石守敌除临崇阳溪筑起了两丈高的围墙外，周围还有八个碉堡，敌军守在山头上，工事很坚固。把守赤石的是国民党福建海军陆战队林秉周旅一个团，凭借坚固的工事，以县城驻军为后盾，负隅顽抗。

总攻开始前，方志敏在全军动员会议上讲了话。他说："同志们，根据情报，反动资本家在崇安县赤石街囤放了很多银洋，'等'着我们去'拿'。我们决定去拿。为什么？难道是为了哪个私人发财吗？当然不是，我们去拿银洋是为了充实我军的经济力量。我们的钱从哪里来呢？蒋介石已经替我们准备好了，放在崇安赤石街。我们要把反动派放在那里的许多银洋接收过来。希望每个战士坚决勇敢地完成这个任务。"

会议结束后，立刻向崇安方面进军，当晚到达赤石街。方志

9

敏亲临前线指挥，红十军担任主攻赤石街的战斗。

这时方志敏已有意将黄立贵的特务营留在闽北，特意安排特务营与原闽北红军共同阻击崇安城敌人援军，以利于两军磨合，让黄立贵独当一面，承担起重建闽北红军的重任。

接受阻击崇安城敌军任务后，黄立贵迅速召集特务营和闽北红军，也进行了一次战前动员，他站在一块凸起的岩石上，目光巡视着列队的战士："同志们，方政委已亲临赤石一线指挥，相信赤石很快就会被我强大的红军战士攻克，但崇安城的敌人不会坐视赤石敌军的灭亡，为了不使进攻赤石的我军腹背受敌，关键就看我们能不能堵住崇安敌人的援军。这一光荣的任务现在落在我们的肩上，同志们有没有信心不放敌人一兵一卒过去？""有！红军必胜！"在响亮的回答声中，黄立贵率队向崇安出发。

约在凌晨3点钟，红十军的前卫团到达赤石街，与守敌遭遇，战斗打响了。在高亢的前进号中，战士们向前猛冲，激战3个小时，虽然消灭了大批敌人，但残敌缩回碉堡凭借坚固的工事固守不出，红军战士也伤亡70多人，仍未攻克赤石。

天刚刚亮，崇安城内国民党守军闻讯立即出动增援。黄立贵将特务营埋伏在敌军行进途中正面的山包上，闽北红军埋伏在侧翼的峭壁上，山脚狭窄的山路上设下重重路障。透过晨雾，只见敌人呈一条长龙蜿蜒行进，前军到达路障处被迫停下，后军不明情况继续向前涌动，队形在路障前一下乱成一团。正当敌军一指挥官向前了解情况时，黄立贵一声令下，埋伏于正面阻击的特务营枪声齐响，向前的敌军官当场毙命，正在拆除路障的敌军扔下路障拼命地向后溃逃，与后面的敌军撞成一堆。惊魂未定的敌军在军官的督战下刚重新开始整队，却正好暴露在埋伏于侧翼峭壁上我闽北红军的枪口下，一阵密集的子弹和手榴弹从峭壁上倾泻而下，打得敌军哭爹叫娘。摸不清到底有多少伏兵的敌军，再也顾不得队形，调转身子向崇安城逃去。黄立贵率特务营从山包上猛冲而下，闽北红军从峭壁上层层截击，除一部分逃得快的，拥挤在狭长路上无处逃生的敌兵只好跪在地上缴械投降。黄立贵命令将俘虏押往赤石，交给方志敏处理，自己带队重新布置好路障防止敌军再次增援。

而这时赤石敌军听到远处的枪声，大叫"援兵来了"，打起精神从碉堡里往外冲，受到红十军迎头痛击后又缩了回去准备固守待援。一会儿，远处的枪声停了，敌人从碉堡里瞭望半天也不见援军到来，却看到红军押着一队又一队的俘虏到了碉堡外围。几个俘虏兵头目举着纸糊的喇叭朝碉堡喊话："我们是从崇安来的，都被击溃了，没有援军了，兄弟们快投降吧！红军优待俘虏！"5月4日，赤石街守军残部确定援军溃败，军心动摇，心无斗志，在方志敏的猛攻下，趁夜匆忙渡过崇阳溪撤退。此战，红军歼敌800多人，缴获枪支700余支，子弹3万多发，没收地主豪绅银圆10多万元，黄金2000余两，大大补充了红军的给养。

当天，红十军直逼崇安城下，但由于红军在赤石战斗中伤亡较大，对城内敌情又不甚清楚，傍晚攻城战斗中，第八十二团政委牺牲，遂撤回坑口。

第三章

浴火重生黄老虎立威肖村岭
峡谷截敌刘和鼎逃命桐木关

方志敏率红十军入闽，经过半个多月的奋战，大小十一战，连战连捷，粉碎敌人对闽北苏区的反革命军事"围剿"。正当红十军不断取得胜利的时候，国民党军第九师、第七十九师乘红军后方空虚，加紧向赣东北苏区大举进攻。红十军为保障后方苏区的安全，立即由崇安坑口回师赣东北。

在红十军返回赣东北根据地前，方志敏召开了全军大会，在会上郑重宣布了组织决定：闽北红军与红十军军部特务营合并，充实整编作为闽北红军的骨干，重建闽北独立团，黄立贵同志任闽北红军独立团团长。并把缴获的枪支弹药全部留在闽北。

从此，黄立贵肩负起巩固、保卫闽北根据地，发展、壮大闽北红军的重任。

闽北红军独立团重组后，虽然战斗力有所提高，但红十军大部队撤走后原闽北独立团余部人员信心依然不足，为重振信心，黄立贵决定率队暂回武夷山北侧，依托闽赣边老根据地练兵打开局面。

1930 年底，铅山阳村地方反动武装组织头子——义勇队队长吴仰山，从崇安岚谷请来 4 个大刀会人员为"师傅公"，又搜罗了 100 多喽啰，拼凑成大刀会，这个反动组织成立后由"师傅公"为喽啰们画符作法和其他训练，他们打着封建迷信的幌子，大肆鼓吹大刀会的人刀枪不入，与义勇队一起经常对苏区进行骚扰，一时气焰十分嚣张。

1931 年初，原闽北独立团政委邹琦同志曾率领两个连到铅山，当时吴仰山率"师傅公"的大刀会高喊"刀枪不入"，采取吃朱砂、念符咒集团冲锋的战法对付邹琦的散兵群作战，结果邹琦部队被敌冲散而失利。这一战，对原闽北独立团战士心理产生过不利影响。黄立贵曾经在赣东北对付过大刀会，根本不信什么"刀枪不入"，为此黄立贵与政委邹琦认真总结上次作战失败的经验教训，决定以此为切入点，打好闽北独立团重建后重振信心的第一战。

1931 年 5 月中，黄立贵亲率 3 个连，决定在地形陡峭敌人不易施展集团冲锋的肖家岭隘口，将吴仰山的义勇队和大刀会一举消灭。

5 月中旬的一天，黄立贵派游击队散风说盘岭苏区的隘口要地肖家岭没有红军正规部队防守，吴仰山信以为真，就带着大刀会和义勇队猖狂地向盘岭苏区进犯。黄立贵得知消息，即令所属部队每班携带梭镖 3 支，提前赶到肖村岭，将部队埋伏在肖村岭山腰峡谷两边茂密的森林里，准备随时出击，自己带上几个战士隐藏在肖家岭隘口上面。黄立贵派出的少量农民游击队员和儿童团员假装往肖家岭隘口方向撤退。敌人不知是计，一路向游击队和儿童团追来，大胆地朝肖村岭逼近，他们行至肖村岭山脚时，看见几个游击队员带着几个儿童团的孩子正往陡峭的隘口上爬，四周静悄悄，鸟都不见一只。吴仰山走到队伍前面，喊来"师傅公"黄某带队往岭上爬。黄某勒了一下腰间的红腰带，整了整头上的红头巾，摆弄着手中的大刀，嘴中念念有词开始往山上攀爬，一群喽啰紧跟在他后面。

黄立贵看着好笑，悄声与周围的战士说道："看那个'师傅公'装神弄鬼，有人说大刀会有菩萨保护，刀杀不死，枪打不进，我就打一个给你们看看。"一会儿，"师傅公"黄某已快爬到隘口，垂直距离不到 20 米，但山势太陡，埋伏在树林后的黄立贵只能看到"师傅公"的一点红头巾，黄立贵叫一小战士捡起一块石头朝黄某方向打去，自己端起驳壳枪准备着。石头落在黄某前方，惊得黄某猛地抬起了头，刹那间，枪声响起，"叭"的一枪正中额头，黄某顺势滚下山坡。这时大刀会的喽啰一阵骚动，但山下的匪徒并没明白是怎么回事，以为是游击队开的枪，吴仰山仍然喝令队伍继续往上爬，后面的"师傅公"傅某见状上前扶起滚下山坡的黄某，揶揄地说："你无用，昨晚准干了好事！"率队再次向山上爬来。等傅某快到隘口，黄立贵趁傅某站立时，又是一枪正中眉心。大刀会的人见两个"刀枪不入"的"师傅公"被打死，慌忙向后逃命。黄立贵连发数枪，又报销了五六个敌人，接着举枪一挥，大喊"冲啊，杀啊"，埋伏在山腰的红军战士从山谷中的树林里跳跃出来，拦腰向敌群冲去。立在陡坡上的大刀会和义勇队站立不稳，擅长的集团冲锋发挥不了一点作用。短兵相接中，红军战士持着梭镖长矛，把"刀枪不入"的大刀会徒戳得狗血淋淋，敌人吓得狂奔乱叫，大刀会的人叫嚷"有枪的顶住！"义勇军的人大喊"有法的顶住！"各自相互推诿，不敢上前，撒腿向山下连滚带爬逃命。我红军战士居高临下边跑边刺击，边跑边开火，打得敌人头也不敢回地一路直逃。黄立贵率队一路追赶了五六里路，一路追杀，吴仰山逃到河边跳到水里只身逃命，猖狂一时的义勇队和"师傅公"大刀会全军覆没。

战后，黄立贵与战士们总结经验，指出原来感觉大刀会刀枪不入是因为战斗经验不足，沉不住气，看见敌人头上包了布，胸前挂着符，手里拿着大刀冲过来，被他们气势压住，慌乱中敌人还在很远就开枪了，距离远，子弹当然打不到敌人。不要被他们气势压住，占领有利地形，等到走近了，瞄准一个打一枪，结果就是一枪一个。希望独立团的战士们，今后要在战术上提高一步……

肖家岭一举克敌制胜，树立了新任团长黄立贵的威信。浴火重生的闽北独立团在黄立贵的率领下，接着向广丰二十四都进军，取得一系列战斗的胜利，大大提振了新组建的闽北独立团的信心，在战斗中锻炼了队伍。在广丰取得一系列胜利后，黄立贵留下了三四十条枪武装群众，开辟了二十四都苏区，成立了广丰县县委、县苏维埃政府，大大推动了广丰革命形势的发展。闽北独立团则挟铅山、广丰胜利余威回师崇安，同时，成立闽北游击总队，下设七个游击分队，活跃在闽赣边区各县，一场收复失地，扩大红色区域的战斗在闽北各地打响。

1931 年 2 月起，蒋介石派其军政部部长何应钦为陆海空军总司令南昌行营主任，组织对中央苏区的第二次大规模"围剿"。在中央红军的连续打击下，至 5 月中旬，节节败退的何应钦急电负责福建"剿匪"的敌刘和鼎部第五十六师进入江西省"协剿"。闽北分区委接到中央苏区毛泽东、朱德指示："迟滞国民党军的行动，保证中央红军主力进行反'围剿'。"随即命令黄立贵率闽北独立团从赣东南回师闽北，命令各地游击队对刘和鼎部沿途袭扰。

5月22日，黄立贵从广丰率队直扑闽赣边界敌军必经隘口桐木关，设伏截击。

桐木关，为武夷山八大雄关之一，位于海拔2157米的武夷山主峰也是东南最高峰的黄岗山山下，过了这道关卡不远便是江西省，闽赣古道贯穿其间，立关瞭望，两侧高山耸峙入云，"V"形的大峡谷犹如一道天堑，直向江西铅山县伸展，雄奇壮观，自古以来就是兵家必争的要塞。峡谷狭长，关隘处尤为窄小，部队施展不开，考虑到面对的是刘和鼎拥有炮营的正规部队，而我军的目的主要是迟滞敌军行动，黄立贵实地视察后，决定在正面关隘只留一个排阻敌，其余部队沿峡谷两侧递次布防，既可加大阻击纵深，层层阻击杀伤敌人，也可以有效降低敌炮火的威胁。

23日清晨，敌军先头部队进入谷口，组织一个营向隘口冲来，这时，黄立贵一声令下，隘口守军与两侧伏兵一起开火，在狭窄的山谷上的敌军成了我军的活靶子，在我军居高临下的打击下，敌人狼狈地退出峡谷。一会儿，敌炮兵部队在步兵的掩护下向桐木关隘口发射密集炮弹，一时关隘上弹片横飞，关门被炮弹炸飞，战士们几无防身之地，黄立贵命令战士向两侧退出。随后敌军炮火转向峡谷两侧不断射击，压制我军火力，我新组建的闽北独立团面对敌军强大的火力一时被打得抬不起头来，一个营的敌军在炮火掩护下趁机夺下隘口。为避免无谓的伤亡，黄立贵当机立断，调整战术，让开隘道，命令部队由阻击敌人改为沿峡谷两侧层层袭扰截击敌人。下午，二连发现，几个穿着将官服装的军官在士兵的簇拥下正穿过峡谷。二连向黄立贵报告，斩蛇先斩头，黄立贵立马组织一支突击分队，绕过前面的山坳，在敌人军官必经之处占领有利地形。这支敌军官队伍正是刘和鼎和他的司令部人员，在警卫连的簇拥下慌忙穿过峡谷。待敌人到山脚，居高临下的黄立贵突击分队一阵手榴弹在敌群中开花，趁着敌人的混乱，黄立贵一声"冲啊！"冒着硝烟带头向山下冲去。刘和鼎没想到这么一小股红军有直接冲击他警卫连的勇气，一时阵脚大乱，在警卫连的拼死抵抗下才狼狈逃了出去。惊魂未定，无心恋战的刘和鼎不得不边打边走，耗时整整一天，丢下300多具尸体，才冲出峡谷。

此战，迟滞了敌军行动，为中央红军顺利攻占广昌城争取到时间。

广昌被我军攻占后，中央苏区的第二次反"围剿"战斗已接近尾声，刘和鼎部第五十六师自桐木关慌慌忙忙赶到龙岗一线时，反而成了孤军，刘和鼎只得率部仓皇撤往建宁县城。5月28日，红一方面军总部率红三军团和红十二军主力继续向建宁城前进，求歼敌第五十六师，31日突然向建宁城发起攻击，于18时攻占该城，歼敌第五十六师3个多团。至此，中央红军第二次反"围剿"战役画上圆满的句号。战后，负责闽北"剿匪"的刘和鼎部元气大伤，被迫退往尤溪、古田一带休整，闽北仅余地方军阀卢兴邦部和民团驻守。

面对这一有利局势，一个更大的作战方案在黄立贵心中酝酿成熟。

第四章

反间计调虎离山
风雨夜偷袭崇安

闽北"剿总"刘和鼎奉命率队赶往江西参与"协剿"中央红军后，崇安城内由县长兼民团总团长詹正树的民团和商团300余人防守，土著军阀卢兴邦部率一个连的"正规军"协防。刘和鼎部被中央红军击败，加上黄立贵率闽北独立团打完桐木关截击战后，率部在崇安周边一带频繁活动，使留守崇安城的詹正树与卢兴邦如惊弓之鸟，每个城墙上都架起土炮，来往行人都要严加盘问，出示证明才能进出。除守城外，詹正树部与卢兴邦部分工，每日轮流到崇安周边"巡防"，早上8点出城，下午4时即回城紧闭城门。

面对这一有利时机，黄立贵谋划打下崇安城，扩大闽北苏区。但崇安城城墙坚固，守敌卢兴邦在闽北经营多年，对于新组建的闽北独立团来说还是有一定的战斗力。因此，黄立贵决定只能智取，不能硬拼。

离城十里路的翁墩村交通组地下支部书记老陈有个姨夫名叫吴夏弟，家住在崇安城北门头，摆了一个烟酒摊，黄立贵决定派老陈晚上就住在他家探听情况。一天深夜，有一个姓王的排长带了两部下来敲门要喝酒，老陈赶紧叫吴夏弟有意拿些花生瓜子陪他们喝，喝着喝着话就聊开了：原来这卢兴邦是北伐军进福建后收编的原军阀残部，自从加入国民政府序列后，遵循有枪就是草头王的信条，只想保存实力捞取好处；而詹正树是国民党党员，一心想"报效党国"，但无奈手中只有民团、商团的一点资本，处处要仰仗卢兴邦的"正规军"。为此，两人时有龃龉，特别是在每日的外出"巡防"一事上，詹正树指责卢兴邦敷衍了事，造成崇安周边游击队猖獗；卢兴邦也不买詹正树的账，依然我行我素，外出不时打点秋风，借机敲诈掠夺。

老陈的情报引起黄立贵的高度重视，一套智取的方案成型。

第二天，团里几位领导同志分别带部分人去崇东、崇南、崇北各区周边活动，不断袭击各乡村的民团、恶霸，一时崇安周边四处告急。一旦城里的敌军出来"巡防"，只要是詹正树带队就集中兵力坚决打击，打得詹正树狼狈逃窜；而卢兴邦带队就只朝天开枪，且战且退，让卢兴邦耀武扬威回城。连着几天，果然，詹正树大惑不解，而民间悄然流传着卢兴邦"通匪"的谣言也传到詹正树耳朵。

这一天，卢兴邦带着王排长出城"巡防"，疑虑重重的詹正树躲在城头观察。只见出城不远，三五个游击队模样的人扭头就跑，卢兴邦带队正要追击，突然，逃跑的人停下，其中一人大叫："王排长，是我，老陈！货收到了，钱放这里了。"说完，把钱袋子放地上，消失在树林中。亲睹这一幕的詹正树再也坐不住，虽无法坐实卢兴邦"通匪"，但也不得不防。当下詹正树就秘密召集民团、商团的头领戒备，将城里的主要碉堡、制高点占领。回到城里的卢兴邦有口莫辩，感觉到气氛的紧张，也连夜将连队集中戒备。卢兴邦生怕自己这一点本钱输掉，为保存实力，第二天天没亮，借口下乡"剿匪"，带上他的一个连，走为上，慌忙出城，直奔建阳逃去。

崇安城里的卢兴邦撤走，只剩下民团的消息，很快就由吴夏弟传到黄立贵这里，黄立贵迅速将分散的部队收拢回来，等待时机。

卢兴邦从崇安城抽走了一连兵力，崇安城空虚，詹正树更加心绪不宁，像热锅上的蚂蚁，走投无路，只得重金收买、组织民团、商团日夜上城，严加把守，再也不敢外出"巡防"，黄立贵借机将崇安周边反动势力一一消灭。一连几天，黄立贵并不攻城，高度紧张的敌人终于懈怠下来。

6月13日下了一天的雨，傍晚时分更是暴雨如注，詹正树冒雨巡视城防后，早早回到县衙，守城的民团看着电闪雷鸣心想总算可以睡个安稳觉。就在这样雷雨交加的晚上，闽北独立团和赤卫队的战士几百余人，在黄立贵率领下，来到了翁墩村后门山结集。突击连在吴隆兴连长指导下，和当地群众一起绑扎登城的竹梯，黄立贵召集班长和赤卫队队长以上干部会议，进行分工：独立团主力负责突击北门，得手后向县衙进攻；赤卫队分三组分别摸向南门、东门和西门，在北门得手后鸣枪、放鞭炮扰敌。夜半时分，黑得不见五指，红军战士们冒雨摸索前进，突击队抬着竹梯走在突击北门的最前面。

深夜一点钟，大雨继续下着，闪电中，只见城头上一盏昏黄的汽灯在风雨中摇晃，碉堡里射出微弱的灯光若有若无，守城的民团有力无气地吆喝一句"平安无事喽"，也钻进碉堡里休息。突击连吴连长来到距离北门只有几百公尺的小山旁命令队伍停止前进，一班长张水清摸到城墙跟前警戒。黄立贵团长来到前沿，趁着大雨，命令吴连长立即拿下北门碉堡，打开城门。吴连长把竹梯队领到北门西角，第一架竹梯靠近城墙，张班长第一个爬了上去，仔细观察了一阵，然后按规定向上拉了几拉联络绳，顷刻之间，几架竹梯纷纷靠上城墙，全连战士都悄无声息爬上城头，在黑夜中沿着城垛向碉堡前进。碉堡门半掩着，一盏灯半明半灭地摇晃着，旁边坐着几个民团抱着枪在那里打盹。张班长一脚把门踢开，大喊一声："缴枪不杀！"民团们从昏睡中惊醒，弄明白是红军时，两脚发抖，忙跪下喊："饶命。"其余战士顺势冲往楼上。楼上的民团头目从睡梦中惊醒，冲着楼梯口打了一枪就被张班长击毙，其他的民团一个个都成了俘虏。城门开了，红军战士们像潮水般涌进来。黄立贵指定一个班看守城门，看住俘虏，自己带一部分红军战士插向县衙。

　　枪声惊醒了在县衙的詹正树和城里的民团，正慌乱中不知红军有多少人，该往哪阻击时，东门、南门、西门外也响起激烈的枪声，一时四处枪声纷起，詹正树如无头的苍蝇不知所措，分守各个城门的敌军谁也不敢挪窝。

　　黄立贵率领红军战士沿着中心街道直插向县衙，猛烈地向敌人发动进攻。整个崇安城到处喊着："缴枪不杀！""再不投降，全部消灭！"城外城内的枪声、喊声吓得敌人惊慌失措，胡乱打枪。县长詹正树带着他的警卫队，从县政府后门往外冲，正好与吴连长撞上，被火力阻击回去，连忙带着他的警卫队依靠县衙土墙顽抗。我们的战士大声喊道："冲呀！活捉詹正树！"但漆黑的夜里双方谁也不敢动弹。僵持十几分钟后，詹正树带着警卫队悄悄转身向右侧孔子庙方向逃去，正想冲出小门，刚好一道闪电照亮逃跑的敌人，红军战士一起开火，乱枪中詹正树身中五弹，被打死在孔子庙小门口，警卫队敌人死的死，伤的伤，被全部消灭。

接着，黄立贵分兵迅速从城里向分守西门、南门和东门的民团、商团攻击，在城外赤卫队的内外夹击下，驻守各城门的民团、商团见大势已去，都放下枪当了俘虏。

黎明时分，风也息了，雨也停了，太阳冉冉从东方升起来，经过风雨洗礼的崇安城解放了。

闽北独立团占领了崇安城，无异于端了国民党在闽北的老窝，苏区人民在红军胜利的推动下，纷纷起来配合红军开展恢复和扩大苏区的斗争，崇安各区都建立起苏维埃政权，组织起赤卫队，闽北独立团也得到迅速壮大，闽北苏区的革命迎来了新的高潮，崇安城也成为闽北苏区的中心。

第五章

主政闽北黄道高瞻远瞩
击破"围剿"红军四面出击

随着闽北苏区形势的发展，为从根本上改变闽北根据地的局势，巩固和发展根据地，赣东北特委决定加强闽北特委的领导，派赣东北苏区的创始人之一黄道同志到闽北，担任中共闽北分区委书记，主政闽北党政军全面工作。1931年7月，黄立贵根据赣东北特委的指示，率领独立团部分战士赴赣东北迎接黄道。

黄道与方志敏、邵式平并称"赣东北三杰"，时任赣东北苏维埃主席团委员兼秘书长，赣东北特区委常委、组织部部长。黄道到闽北后，以高度审时度势的洞察力和高瞻远瞩的气魄，卓有成效地进行了五项意义深远的决策：在政治上，由他主持召开了第一次中共闽北分区委扩大会。会议制定了深入发动群众、进行土地分配、建立健全苏维埃政权、加强红军独立团建设、发展地方武装等任务的决议案，并将这个《政治决议案》作为指导闽北革命根据地稳定和发展的纲领性文件。在军事上，黄道对闽北独立团近几个月的工作给予充分肯定，并明确黄立贵同志继续担任闽北独立团团长，同时成立分区军事委员会和军分区，黄道亲任总政委，加强党对红军的绝对领导。在政权上，由他主持召开闽北苏区第一次工农兵代表大会，将闽北分区革命委员会改称闽北分区苏维埃政府，正式成立代表闽北人民根本利益的工农政权，为闽北苏维埃政权建设树立了榜样。在经济上，成立闽北银行，建立制币厂铸造银圆、印制纸币。建立以兵工厂为主体的十几家工厂。成立商业机构，设立对外贸易处，主司闽北商业。在文化上，建立列宁师范和列宁小学，创办党校、军校，农村普及列宁文化室、农民俱乐部。还创办红军医院、红军兵工厂等机构。在农业方面。大力发展粮食生产和多种经营。闽北苏区由黄道主政至1933年3月，得到黄立贵等闽北军民的广泛拥护和支持，为闽北开创了一个名驰中央革命根据地的繁荣苏区。

就在这时，蒋介石又发动第三次军事"围剿"，对闽北苏区采取"长驱直入，分进合击，南北夹攻"的态势，在南面有敌海军陆战队林秉周旅和福建省防军钱玉光旅，以两个旅的兵力向我崇安城进攻；在北面有驻铅山的汤恩伯部向我闽北分区委所在地坑口进逼。敌人南北对进，企图逼迫闽北独立团决战，进而消灭闽北红军主力。

7月下旬，敌人进攻闽北分区委机关所在地坑口，面对优势敌人，为避敌锋芒，黄立贵派出侦查员深入敌占区获得情报，建议放弃崇安，跳出敌人的包围，采取"你打你的，我打我的，大步进退，各个击破"的方法，向崇北和邵光一线主动出击。闽北区委主动退出崇安城，迁往大安街。退出崇安城前，黄立贵发动军民将崇安城墙拆毁，敌人进城后，失去城墙的依托，怕红军袭击，白天进城，晚上撤回赤石，疲于奔命，无力顾及广大的闽北苏区。而黄立贵率领闽北独立团四面出击，迂回到外线各个击破，打开局面。

8月底9月初，黄立贵抓住北面敌汤恩伯部分兵北援"围剿"赣东北红军的有利战机，挥师北进，于8月24日，在广丰赤警营配合下攻打驻广丰二十四都的国民党军第七十九师一个营，毙敌200多人，俘50多人，缴获枪支120余支、机枪1挺、子弹80多箱，战马15匹；9月5日乘胜攻打江山二十八都，敌浙江保安第七团一部败退，红军占领二十八都，缴获机枪2挺，子弹、手榴弹30余箱。此战，解除了敌人从北面对我闽北苏区的威胁，一举击破蒋介石"南北合击"的预谋，扭转了赣东北和闽北战局。9月至10月，黄立贵率闽北独立团扩大战果，横扫崇安岚谷、五夫，浦城十八村，建阳回潭、将口、黄坑，铅山石塘等地，开拓大片苏区。

　　数月之内，黄立贵率部大小战斗数十起，歼敌近千人，缴获轻重武器500余件及大批军用物资。各地武装也积极行动，配合红军打击敌人。7月，浦西赤卫队300多人配合闽北独立团一部，分两路进攻徐铺地，歼敌林秉周部一个连；7月中旬，崇北赤警营配合闽北独立团攻五夫，打死大刀会头子梁某，俘虏民团总连家必；9月，袭击浦城石陂，全歼敌军一个连，缴枪近百支；9月底，再打五夫，将民团全部缴械，处决团总王逸堂，在五夫建立建浦县委；10月闽北独立团在邵光游击队的配合下攻下黄坑，歼刘和鼎部300余人，在黄坑建立邵光县委、县苏维埃；11月初，闽北独立团在浦西赤卫队的协助下，歼灭南线林秉周旅一个连；12月初，攻克建阳将口镇；1932年1月攻打浦城仙店，缴获无线电台一部，从此闽北苏区与中央苏区、赣东北苏区得以无线电联系等等。

　　12月18日，损兵折将、困守孤城的敌林秉周旅不得不离开崇安城，退守赤石。敌人对闽北苏区的第三次反革命军事"围剿"

便以黄立贵重占崇安城而告终。闽北独立师为进一步打通与赣东北的联系，再度转战江西上饶、铅山、广丰等地。

到1931年底，闽北红军独立团已发展到千余人，有枪700余支，成为闽北红军的一支强有力的主力团，闽北根据地和游击区也发展到纵横几百里，人口达30余万的规模，逐渐掌握了闽北土地革命战争的主动权，使闽北根据地的发展进入一个新阶段。

这一时期，大小战斗数十起，其中袭击回潭战斗最能体现黄立贵的用兵神奇特色。

第六章

巧用兵迂回敌后
拔钉子奇袭回潭

建阳县回潭南靠将口、崇雒，伸入到崇安境内，其东、西、北三面与崇安的五夫、南树、下梅等革命根据地接壤，1931 年底已成立回潭区苏维埃政府。1932 年农历正月十一日，敌省防军钱玉光部一个营，连同附近各地反动民团、大刀会等，共计七八百人枪进攻回潭，威胁我驻五夫的建（阳）浦（城）县委。当时，由于回潭区苏维埃政府才建立不久，力量单薄，为避免损失，区苏暂时撤离回潭，移至崇安境内。撤离时留下王秀仔等几位同志，打入了协助进攻回潭的兴田民团江长发内部。

为拔除这枚嵌入苏区的"钉子"，黄立贵率部 400 余人，在赤警队等地方武装的密切配合下，于 1932 年农历正月底袭击回潭镇。

回潭镇东面、南面环绕回潭河，北面隔后门山制高点与崇安南树下苏区接壤，西面有狮子山高地，镇北有苦竹山、镇南有豆荚坪两个山包，地形复杂，易守难攻。利用有利地形，敌省防军钱玉光部在回潭分占四个据点：面对苏区的北面后门山制高点驻一个连；镇北的苦竹山山包上驻一个排；西面狮子山高地顶峰驻扎一个连。同时，将镇内路口的奶娘庙改造成堡垒，驻扎两个排，另有民团、大刀会等300余人协防村内，形成以正对崇安苏区的北、西两面三个高地驻军与回潭镇内守敌互为掎角之势。

王秀仔及时将敌人的布防情报送到南树下村区苏。闽北独立团及地方武装在黄立贵的率领下，于正月21日悄悄开进南树下村，连夜召开联席会议。听取区苏的汇报后，针对敌人强有力的布防和有利地形，经过一番深思熟虑，黄立贵大胆提议：

1. 绕过敌人北面、西面防线，迂回至敌人的后背，从东南面的石维下村偷渡回潭河，抢占无敌军防守的镇南豆荚坪山包，作为进退倚仗；

2. 得手后留少部分兵力在豆荚坪山包作为接应和堵住溃敌，其他分兵两路：一路穿插至狮子山、苦竹山与回潭村之间三角地结合部石桥，切断三点间的联系，相机伏击敌援兵或溃兵；另一路为主攻方向，组织敢死队沿东面回潭河绕过回潭镇，出其不意从后门山后背山坡突袭后门山守军，拿下制高点，居高临下压制村内火力，形成对敌心理优势，解决镇内和苦竹坪山包上敌军。

3. 最后再合力围攻狮子山守敌。

黄立贵这一大胆避实击虚、深入迂回、穿插切割的战术，构思奇异独特，与会指战员不免心存顾虑。为打消大家的顾虑，黄立贵强调，这一战术取胜的法宝就在于出其不意，关键在战前的隐蔽性和开战后的果断穿插、切割，要求全体参战人员严格纪律，做到快、硬、狠！黄立贵的解说鼓舞了全体指战员的信心，很快统一了思想。部队连夜向敌人的后背石维下村迂回前进。

农历正月二十二日凌晨，部队悄无声息地从镇东南方敌后成功偷渡回潭河。拂晓时分，一支由黄立贵亲自带队的50余人的敢死队，衔枚疾走，沿回潭河绕过回潭镇东侧迂回抵达后门山；担任穿插阻击任务的周治安营长也带队顺着小水沟顺利进抵三角地石桥；区苏赤警队100多人留守豆荚坪山包接应。

战斗首先在后门山打响。担负主攻的敢死队50余名队员，趁黎明前的晨曦，从敌人防守的背面山坡摸近敌人哨棚，没等敌人反应过来，黄立贵一枪就干掉了敌人的哨兵。哨棚内的敌人在睡梦中被枪声惊醒，还弄不清是怎么回事，敢死队员已全部冲进哨棚，敌人刚想摸枪反击，一阵排枪响过，大多数敌人毙命，少数生俘。后门山的枪声惊醒了各处的敌人，但敌人怎么也没有想到红军是从后背奇袭得手，认为红军是从正面攻打后门山，哪能那么容易，镇区的敌军一边听着枪声一边懒洋洋到晒谷坪整队。正在这时，一阵密集的子弹从后门山制高点居高临下扑面袭来，打得敌人顿时大乱，如梦初醒的敌军惊慌失措地钻进奶娘庙堡垒，而驻守镇里各处的民团、大刀会更是如无头苍蝇乱窜。

敢死队突袭回潭后门山成功，紧接着向回潭镇发起进攻。镇里路口奶娘庙前有敌人的一挺重机枪封锁了进村要道，敢死队连冲两次都被压了回来。黄立贵手挥驳壳枪，正准备亲率敢死队发起第三次冲锋时，只见王秀仔带着几个"民团"从奶娘庙后面接近重机枪，手起刀落将毫无防备的机枪手砍翻在地，几个跟来的"民团"迅速控制住奶娘庙的守敌，黄立贵趁机高呼"冲啊！"率先冲进去。见大势已去，残敌和兴田民团、大刀会在江长发的裹挟下，慌忙涌向南面的回潭河，妄图抢占豆荚坪山包，与狮子山、苦竹山守敌形成鼎足之势，以便反扑。但是，区苏赤警队100多人正严阵以待，敌人自镇内逃生的2个排残部和民团、大刀会等数百人，糊里糊涂地钻进了赤警队的火力网，一阵密集的枪弹下，已吓破胆的敌人四散溃逃，绝大部分被歼于豆荚坪前的开阔地上，兴田民团团总江长发当场被乱枪打死，其他团丁、大刀会众则如鸟兽散，拼命向回潭河南面逃命。

据守镇北苦竹山之敌一个排，听到镇里枪响后才感觉大事不妙，不敢固守，慌忙丢下阵地，企图回援回潭镇。在石桥附近，正好与负责穿插阻击的独立团二营营长周治安遇上，但周治安营长却误以为这只是后门山溃败的一些零散逃亡之敌，领头站起来高喊"缴枪不杀！"不料，敌排长趁其不备，端起轻机枪向周治安猛烈扫射，我军猝不及防，当场死伤十余人，周治安营长全身枪伤多处，并被打断一条手臂，在抬往南树下的途中失血过多牺牲。由于石桥附近无险可守，周治安余部且战且退，虽堵住了敌人向回潭镇的增援，但这一排敌兵得知回潭镇已被攻占后，退往狮子山与山上守敌会合。

闽北独立团在连续攻占后门山及清除镇内残敌和溃逃之敌后，上午9时许，集中火力，猛攻狮子山守敌。由于山势过陡，加上苦竹山敌军与狮子山敌军会合，火力大为增强，红军多次强攻未克，至当日下午1时许停止攻击，撤回回潭镇待机。孤守在狮子山之敌也成惊弓之鸟，仅余下100多号人，再也不敢在狮子山坚守，下半夜，趁夜丢下狮子山据点，偷偷地从西边山坡溜回建阳县将口镇。

回潭一战，前后未及8个小时，共歼敌300余名，生俘30余人，击毙兴田民团团总江长发，缴获步枪150支，以及弹药、棉衣、日用品无数。这一战，拔掉了敌人伸向闽北苏区的钉子，数日后，回潭区苏区又迁回回潭镇，不久，划归建浦县委管辖，改称建浦区。战后，崇安到浦城、广丰一带连成一片，扩大了闽北独立团和地方武装的回旋余地。敌人慑于独立团威力，其主力部队不敢入侵回潭长达四年之久，黄立贵放手率独立团主力向浦城、广丰一带扩大根据地，着手打通闽北苏区与赣东北苏区的联系。

第七章

黄立贵智取桐家坂
独立团大闹端午节

取得第三次反"围剿"胜利后，黄立贵抓住有利战机，主动出击，1932年上半年按赣东北特委和闽北区委的战略部署，重点任务是打通赣东北与闽北两个苏区的联系，率部转战于闽赣边浦城、广丰、铅山一带。

1931年上半年，当时广丰县政府为配合国民党"清剿"行动，命令由原广丰警察队第三区队改编的自卫队第四中队，在中队长俞涉麟带领下，进驻桐家坂。桐家坂离广丰县城40华里，北靠高山，南被棠岭港隔断，唯一的交通要道东西横贯其中，是联系闽北与赣东北的一条重要通道。广丰自卫队第四中队共有6个班，长短枪64支。他们进驻桐家坂后，选择了一栋二层楼房为大本营，联系当地的大刀会从营门至浮桥布下长约两里多的警戒线，大小头目轮番出动，每隔两小时换哨巡查，真可谓戒备森严。

1932年4月底，黄立贵与广丰地下党的同志沟通了解情况，决定夜袭桐家坂自卫队，清除这一横亘在闽赣边的障碍。独立团由黄立贵带队，广丰苏区地方武装赤警营、花枪连协同配合作战，并通过广丰地下党通知秘密党员黄家生同志做内应，向桐家坂进军。

黄家生，桐家坂黄家弄人，身材高大，武艺高超。自打入敌人自卫队后，颇得中队长俞涉麟的赏识，担任了第4中队的教官。接到上级党组织的通知后，黄家生来到党的秘密交通据点，经广丰王家村秘密区委书记王洪学介绍与黄立贵见面。黄家生详细介绍了第四中队的兵力布防和行动口令等情况后，黄立贵要求黄家生赶回敌大本营，晚上将中队长俞涉麟及大小官佐、太太们，集中在一起搓麻将，推牌九。

夜10点左右，劳累了一天的人们大都进入了梦乡，整个大地都沉睡了。黄立贵兵分两路出发：一路由黄立贵亲自指挥，夜袭敌中队部；一路由广丰赤警营率领扼守浮桥头，防止驻浮桥的敌军增援，待解决中队部后与独立团夹击浮桥敌军。广丰王家村区委书记王洪学则挑选十余名战士，组成一支强悍精练的敢死队在前面为黄立贵带路。

夜11点左右，两路人马闪电般消失在浓浓的夜色中。当王洪学率领的敢死队来到第一道岗哨时，哨兵戒备地平端起长枪，大喊："口令?"已从黄家生处得知口令的王洪学从容应答"山猫"，大摇大摆走过，等哨兵发现不对时，为时已晚，还没来得及叫喊，就被一步赶上来的黄立贵手起刀落，成了刀下鬼。黄立贵率队直接向敌营二楼指挥所冲去。

此时指挥所里灯火通明，"哗哗啦啦"的麻将声不绝于耳，阵阵嬉笑不时打破夜空的宁静。正在他们玩得高兴时，黄立贵一脚踹开大门，一声"不许动!"，把大小头目和太太们吓得目瞪口呆，没等他们明白过来，坐在中队长俞涉麟下手的黄家生已将刀架在他的脖子上，大小头目见此只得放下想掏枪的手，乖乖成了俘虏，一场战斗没开一枪就解决了。黄立贵留下王洪学等几个人看押俘虏，率队配合赤警营夹击浮桥敌军。

黄立贵率队走后，敌一股派出巡哨的队伍突然回营。俞涉麟见机立刻大声喊叫，发现情况不对的巡逻队顿时枪声大作，并开始有组织地逼近指挥所，企图救出中队长俞涉麟等人。面对敌兵猛烈的火力，王洪学果断地命令黄家生带领几个人押走俘虏，自己则率领部分敢死队员迎敌而上，子弹打完后，又挥动大刀长矛猛砍猛刺，掩护黄家生撤退，杀得敌兵措手不及，阵脚大乱。王洪学在敌群中横冲直撞，手起刀落处，敌兵血肉横飞，但终因寡不敌众，光荣牺牲。

正在敌军追赶黄家生之际，黄立贵听到枪声及时赶回，内外夹击，反包围了追赶之敌，敌军突围无术，群龙无首只好乖乖地放下武器，跪地求饶。这一仗，共缴获枪支 57 支，击毙敌自卫队官兵 10 余名，俘敌 40 多名，天亮后公开处决了伪自卫队中队长俞涉麟。

打下桐家坂，横亘在闽北苏区与赣东北苏区间最大堡垒就是广丰县五都镇。五都镇是赣东北边陲的一个重镇，是广丰县三大集镇之一，位于县境中心，丰溪河的中游，是通往闽北的交通咽喉，有广浦公路直达福建浦城县。国民党对这一重镇特派汤恩伯旅方剑秋营驻守。方剑秋毕业于黄埔六期，为"天子门生"，该营装备精良，为汤旅之最精锐部队，所以实力雄厚，气焰嚣张，对闽赣两地的根据地威胁很大，是闽赣苏区东北交界地区革命发展的严重阻碍。黄立贵与广丰县苏维埃决心要拔掉驻五都汤旅方营这颗钉子，砸开封锁闽赣苏区的闸门。时值端午，黄立贵决定利用端午节五都的土豪劣绅为方营长摆宴庆功时，智取与强攻相结合拿下五都镇。

5月13日正是端午节，五都境内，丰溪两岸，热闹非凡，五都镇上红男绿女，卖葫芦糖的、耍猴子的、卖膏药的、摆地摊的、卖唱的，五花八门无所不有。方营长为显摆他治安武功，下令今年的龙舟竞赛要热火朝天，四里八乡的龙舟队在丰溪河争相竞发。

时近中午，几艘红色的龙舟靠近敌人修有桥头堡的北门码头，领头的侦查员黄老幺一身鱼老倌打扮坐在船头，一双机灵的眼睛在沿岸设防的工事上打转。一会儿，他将龙舟停靠在北门码头上，顺手从龙舟里抄起两条大鲤鱼，带着七八个划龙舟的小伙子走向北门码头的一家菜馆。前一阵，这店里的女掌柜已换成黄立贵的爱人李冬娥。李冬娥瘦小的个子，一双小脚，满脸农村妇女的朴实，脸上总是带着很有亲和力的笑容，谁也不会把她与"青面獠牙"的"共匪婆"联系在一起，在镇上住了一段时间，上上下下人缘极好，与方营长的副官也熟络了。她一见渔老倌，高兴地嚷着："今天方营长在此包了桌酒席，马上就要来了，你稍等一下，认一认这个人，也许以后会有点用处的。"渔老倌会意地点了点头。就在此时，方营长的副官跨进店堂，打了个哈哈说："我们营长吩咐了，今天人多太杂，酒席不放在店里了，请你给送到营部去。"情况有变，站在一旁听着的黄老幺灵机一动，忙走过来插话说："姐，那我们就把酒菜送过去吧。"中午，李冬娥指挥着黄老幺率七八个小伙挑着食担子进入敌人营部，驳壳枪和手榴弹早已藏在食挑子里面。

此时，丰溪河龙舟上，十几名突击队员正紧张地准备着。黄立贵率独立团和广丰赤卫队早已连夜悄悄抵达六都，埋伏在丰溪河对岸，与敌人隔河相望，只等混入敌营部的侦查员得手，突击队夺下浮桥的桥头堡，就发起进攻。

为了防止敌人搜查食挑子，接近敌营部时，装着枪支和手榴弹的食挑子被安置在敌营部附近的关系户家，李冬娥大大方方地带着"伙计们"将第一批食挑子挑进敌营部。果然，门口的岗哨仔细查过后才放他们进去。食物摆上餐桌，方营长与手下军官及当地土豪劣绅陆续上桌。李冬娥这时端了两盘菜，拎了一壶酒送进岗亭，招呼着哨兵们吃喝，转身向黄老幺使了个眼色。黄老幺会意，趁机挑着第二批食担子顺利地进入营部。

就在方营长端起酒杯时，说时迟那时快，黄老幺踢开食挑子，抄起驳壳枪一阵点射，骄傲不可一世的敌营长方剑秋等军官当场毙命，"伙计们"一阵手榴弹甩了出去，顿时，敌营部火光冲天，余下的敌军官和土豪们四散逃命。

枪声就是命令，敌营部打响的同时，龙舟上的突击队员划起龙舟如箭一样向敌人扑去，勇猛地冲向北岸的桥头堡。南岸的红军战士以迅雷不及掩耳之势，从正面抢渡浮桥，强攻敌碉堡。敌人疯狂地展开了反击，子弹像暴雨般在浮桥的前后左右炸开，红军战士被阻在浮桥中段不得前进。"炸掉桥头碉堡！"突击队一声令下，跃起一名队员，抱起一捆手榴弹，奋不顾身冲向碉堡，桥上的红军战士集中火力向敌堡射去，压住敌人的火力，只听"轰隆隆"一声巨响，桥头堡在硝烟中塌下。

黄立贵大喊一声"冲啊！"，红军像潮水般涌上浮桥，冲向五都镇。群龙无首，号称精锐的敌方剑秋营死的死，逃的逃，投降的投降，一场血战，不到两个小时，便结束了。广丰城内敌军闻讯赶来救援，走到半途，听到方营长惨败的噩耗，惊恐万分，迟疑不敢前进，只好掉转头回城去了。

在赣东北革命老区铜钹山至今还流传着这样一支民谣："五月大水涨，五都打大仗，红军黄立贵，一身都是胆。白军开机关，红军打快枪。枪子叭叭响，打死方营长，白军举白旗，红军打胜仗。"这一战役，沉重打击了国民党反动派的嚣张气焰，拔掉了横亘在赣东北与闽北根据之间的钉子，两块根据地得以贯通。

第八章

打通闽赣方志敏二次入闽
歼敌星村黄立贵再立头功

　　1932 年 6 月，正当闽北根据地进入大发展时期，蒋介石不甘心第三次反革命"围剿"失败，又发动了第四次反革命"围剿"。8 月，为配合蒋介石对中央苏区的第四次反革命军事"围剿"，敌福建绥署参谋长邓世增调集第五十五师周志群部、五十六师刘和鼎部以及当地土著武装卢兴邦部、驻江西之第七十九师等部，在闽北重新布防，准备对闽北革命根据地发动第四次"围剿"，以图消灭闽北红军，阻挠赣东北与中央苏区取得联系。随后，经过休整补充的敌刘和鼎部第五十六师率先派遣三一三团插入崇安根据地的赤石、星村，与驻浦城的敌钱玉光旅互相呼应，对我闽北根据地发起进攻。

　　为打通赣东北与闽北苏区，将苏区连成一片，粉碎敌人的第四次反革命军事"围剿"，闽北独立团在黄道、黄立贵的领导下，采取机动灵活的战术向闽赣边区运动。端午节大闹广丰五都，击毙强敌汤恩伯部方营后，8 月 24 日再回军广丰，攻打二十四都，击溃国民党第七十九师一个团；9 月 5 日攻下广丰二十八都，接着向浙西江山、龙泉进军，开辟浙西南游击区。

9月初，中共赣东北省委根据中央提出的"特别着重打通闽北与赣东北两个苏区的联系"的要求，决定红十军趁国民党对中央苏区的"围剿"尚未展开的时机，再次入闽。9月10日，红十军从赣东北苏区首府葛源出发，开始向闽北第二次挺进。闽北独立团接到命令后，从浙西南回军浦城，进攻九牧，转道铅山，12日与方志敏的红十军在铅山紫溪镇会师。

分别一年半，两军会师，黄立贵再次见到自己的老首长，按捺耐不住自己激动的心情，向方志敏汇报了一年半来的战斗和各项工作。方志敏看着脸颊消瘦但精气十足的爱将，也十分欣喜。一年半前，临危受命，让黄立贵独当一面，承担起重建闽北红军、保卫闽北根据地的重任，一年半后，黄立贵没有让他失望，不仅将仅剩300多人的闽北独立团扩大到3000多人枪，还将闽北根据地从崇安周边拓展到闽浙赣周边十几个县，这样的战绩也超出他的意料。为此，他决定晚上在红十军军部犒劳他这位优秀的爱将。晚上，军部礼堂，各路将领济济一堂，酒过三巡，方志敏拉着黄立贵站了起来，让黄立贵给大家讲讲这一年半的战斗经历，大家报以热烈的掌声。这竟是黄立贵最后一次看到自己的老首长，两年多后，方志敏被俘牺牲的消息传来，黄立贵同饶守坤谈到这次聚会，深切地怀念自己的老首长，不禁泣不成声。

当晚，为使全军指挥员明确这次入闽作战的任务，在紫溪召开了团以上的干部会议，方志敏在这次会议上就红十军第二次入闽的意义和任务作了重要讲话，最后通过了如下作战计划：一、以红十军的大部攻打赤石，另派小部配合闽北独立团同时攻打星村，扫除这两个据点之敌，完成崇安全境苏维埃化；二、红十军与独立团合攻浦城，扩大浦城苏区，并争取一批给养；三、打下浦城后到铅山行动一段时间，以完成打通闽北与赣东北苏区的任务。

9月14日，红十军与闽北独立团越过分水关，连夜行军100多里，于15日凌晨分别包围赤石和星村。闽北独立团首先发动对星村守敌的进攻。

驻守星村的是敌三一三团一个营，敌人凭借九曲溪沿岸构筑高低错落的工事设防，并将渡河竹筏全部扣押集中到星村码头。黄立贵率部赶到码头对岸，特意站在河岸高坡显眼处指挥战斗。部队隔着九曲溪向敌码头展开激烈射击，同时一边组织人员就地扎竹筏，一边组织部队一次又一次摆出要涉水强攻态势，高喊冲锋声此起彼伏。敌人的注意力全部被对岸黄立贵高大的身影和猛烈的攻势吸引，伏在工事里朝对岸和半涉的我军射击。

而这时，一支精干的小分队在闽北独立团副团长李金泉的率领下，正从下游的玉女峰涉过九曲溪，攀虎啸岩，穿一线天，神不知鬼不觉地如神兵天降突然出现在敌人的后面，直插星村敌营部。四颗一捆的集束手榴弹轰然炸开营部大门，李金泉副团长趁着硝烟率小分队直冲了进去，未及防备的敌营长及营部人员当场成了俘虏。小分队押着敌营长从码头的后方进攻。被夹击的敌人如梦方醒，在敌营长的下令下，沿岸工事里的守军放下了武器，并将扣押的竹筏撑到对岸迎接黄立贵的部队。不到3个小时，星村战斗结束。

在星村战斗打响的同时，红十军八十三团、八十七团逼近赤石，将赤石镇团团围住。赤石镇守敌是刘和鼎部一个团，经过几小时的激战后，敌外围工事全部被攻占，敌人只得龟缩在山包上，凭借坚固的碉堡居高临下防守，方志敏发动几次进攻都没能攻下。

39

为减少牺牲，方志敏采取围困战术，发动强大的政治攻势和武器威慑，逼迫敌人投降。这时，星村捷报传来，方志敏命令黄立贵押着俘虏火速回援。到中午，在我军火力严密封锁下，山包上碉堡里的守敌不但饭吃不上，连水也喝不上。9月份的闽北，天气依然闷热，大半天没有水喝，敌军再也忍受不了，到了下午，敌人的士兵就龟缩在碉堡里，停止了射击。方志敏趁势加强政治攻势，进行喊话，劝敌人士兵投降。这时黄立贵押着俘虏回师增援，浩浩荡荡地跑步进入赤石外围阵地，被俘的敌营长被押到阵前喊话，赤石守敌看到红十军增援，包围的红军愈来愈多，而星村守敌覆灭，增援无望，断水断粮，只得提出谈判的要求。红十军派团参谋长李先统同志进入敌碉堡进行谈判，不久，敌军一个个将武器放在山上，空手下山。这样，嵌入崇安根据地的敌刘和鼎部全部被解决。

下一个目标，一场更加艰巨的战斗——歼灭浦城守敌又马上打响。

第九章

狂飙突击强攻浦城
赤膊登城老虎扬名

浦城地处闽浙赣三省交界处，如一把楔子插在我闽北苏区、赣东北苏区和浙西南游击区中间，是我苏区的心腹大患，也是敌人进攻赣东北、闽北根据地的指挥中心。浦城俗称"金浦城"，城墙高 2.4 丈，城基 1.8 丈厚，双层城门，非常坚固。敌钱玉光旅的三个团，一个驻临江，一个驻北乡，钱玉光旅部与聂进隆团驻扎浦城县城，3 个团分别把住要道，构成三道防线，此外还有 400 多人的民团协助守城。

针对敌人的兵力和布防，方志敏按照原定作战计划，对浦城只宜奇袭，不作强攻。在夺取星村、赤石之后，9 月 17-19 日，方志敏、周建屏一面派遣多支小分队向建阳、建瓯方向游击，佯装攻取建瓯，调动国民党军增防建瓯一线，转移敌军的注意力；一面命令红十军主力和闽北独立团于 19 日夜隐蔽地以一夜急行军 140 多里的速度狂飙突进，沿着崇安五夫一线快速突击浦城。

9 月 20 日晨，我军先头部队快到浦城时，不料在洋溪尾突然遇到敌一营长带着一个连下乡收豬捐，在我军迎头痛击下，敌胖子营长吓得就往柴窝里钻，敌人大部就歼，敌营长被俘，少数漏网之敌拼命从小路向浦城狂奔而去，沿路鸣枪报警，高喊"共匪来了！共匪来了！"浦城敌军听到枪声，全数进城，立即将城门紧闭。洋溪尾离浦城70华里，等我军下午赶到时，敌军早已做好战斗准备。

这一意外的情况，使我军不得不改变计划，改突击为强攻。下午3点，我军赶到城下，方志敏、周建屏临时改变作战部署：以红十军八十三团向临江和北乡方向警戒，截击临江、北乡之援敌；红十军八十一团、八十二团和闽北独立团立即组织三支敢死队分别从北门、西门和东门发起强攻；浦城南门外临南浦溪，以一个营为预备队，围而不击，让敌溃逃以减少攻城压力。

傍晚时分，强攻开始。各团敢死队战士在机枪的掩护下，抬着竹梯奋勇登城。这时，城内敌军倚仗城墙高大不断向城下抛掷蘸着火油的燃烧物，将靠近城墙外的民居和靠上城墙的竹梯燃毁。国民党浦城县长亲自穿街走巷敲锣强迫群众去"守城"，敌旅长钱玉光和团长聂进隆上城督战，密集的弹雨向我攻城敢死队倾泻。在东门，闽北独立团在副团长李金泉的率领下连续向城门发起进攻，在第三次冲锋时李金泉沿竹梯一只手攀上城墙，就要跃身登上城墙时，一颗开花子弹从左侧后脑穿进从口中穿出，将他下嘴巴炸开，李金泉当场牺牲。

李金泉江西弋阳人，参加了弋阳、横峰暴动，累立战功，作战勇敢，先后缴获过敌人70多支枪。黄立贵眼看着自己的亲密战友牺牲，悲愤中抢过大旗，自己率队攻城。激战三小时，方志敏与周建屏见部队伤亡太大，下令暂停进攻，等待红十军炮营的到来。

部队退驻城郊，对浦城保持包围势态。这时，驻临江的敌军一个团闻讯，急速增援城内守军，途中遭到红十军八十三团伏击，大部被歼，残部溃散逃窜。驻北乡的另一个团闻讯，在半途中不敢前进，闻风溃逃。城内守军孤立无援。

21日凌晨红十军炮营赶到。4点45分，方志敏、周建屏下令发起总攻。红军数十发迫击炮弹飞落在敌指挥所的营房上，敌副旅长、副团长、团参谋长等当场被炸死，指挥部被摧毁，敌军失去指挥，顿时乱作一团。一颗炮弹飞落在县衙门口，正要出门敲锣巡街、强迫群众守城的浦城县长吓得就地卧倒半天不敢抬头，可惜这颗炮弹竟未爆炸，吓破了胆的敌县长再也不敢露面，天亮前，有人看到他穿上农民的衣服，剃了个贼亮的光头，从南门万安桥慌忙逃出城去。

我军炮火猛轰各部登城点，在炮火的掩护下战士们一批接着一批踏着烈士血迹奋勇争先。东门，黄立贵高呼："为李副团长报仇！"亲自率领敢死队，在炮声中赤膊登城。熊熊火光中只见他一手攀住竹梯，一手挥舞着驳壳枪，口衔一把锃亮的大刀，快速向城头冲去，驳壳枪两个点射将城头的敌人撂倒，左手一撑，第一个跃上城头，大喊一声："挡我黄老虎者，死！"，左手刀右手枪，远击近劈，一路追杀。刀光闪过，敌人血肉横飞；枪声响起，敌人人仰马翻，所向披靡，无人敢挡！战士们群情激愤，紧跟着黄立贵抢占了城头，迅速打开东门，闽北独立团一拥而入，向敌人追击。同时，红十军八十一团、八十二团也分别攻下北门、西门，迅速冲破了敌军防线。部分残敌慌忙向南门溃逃，拥挤在万安桥上。闽北独立团从东门趁势追击到南门，把敌人围困在南门万安桥一带，与南门外隔南浦溪的我军预备队和赤警队对敌人形成夹击。

5时30分，我军对被围困在万安桥一隅的敌人发起最后攻击。

闽北独立团敢死队穿过巷道直扑南门城楼敌军指挥所，占领了城楼对面的一幢楼房，发现敌军军官在指手画脚指挥反抗，机枪一个长点射，敌军官应声而倒。困守万安桥一隅的400多名敌人，纷纷跳入南浦溪，大多溺死在溪里，余下的在我军强大攻势下全部缴械投降。6时，攻城战斗结束，各地赤卫队亦相继进城，在当地群众的配合下，陆续将隐藏在群众家里或化了装的敌人抓获，但遗憾的是敌旅长钱玉光和团长聂进隆失踪。此役毙敌300多人，俘敌600多人，击溃敌2个团又1个营，缴枪700多支、轻重机枪38挺、迫击炮5门、电台2部，筹款50余万元以及大量的军用物资。

战后，黄老虎的威名传遍全军，也吓得敌人闻之丧胆！

红十军在浦城驻扎三天，大力宣传群众，成立了浦城县革命委员会，组织了工会、农会、工农自卫队等群团组织，建立了革命武装广浦独立营，为闽北革命根据地开辟了大片新区。9月23日，进犯赣东北苏区的敌七十九师，乘红十军远离之机，大有窥伺赣东北苏区首府葛源之举。红十军闻讯，全军满载食盐、布匹、西药等物，迅速回师赣东北。在分水关以北的五里峰与国民党军第七十九师遭遇，激战三天，歼敌1个团。随后，黄立贵又率部在草鞋岭牵制、阻击敌人，与敌军周旋三天，使红十军顺利撤离闽赣边，北渡信江，于10月4日返回赣东北苏区。

红十军第二次入闽作战，在24天的转战中，消灭敌人4个团，调动敌人几个师，打乱敌人整个部署，胜利地粉碎了敌人对闽北苏区的第四次军事"围剿"，重创了敌人在闽北苏区的主力。

就在方志敏率军二次入闽不久，中央红军在周恩来、朱德的指挥下，发动了建、黎、泰战役，一场打通中央苏区与闽北苏区的战斗打响，前锋中央红军十二军罗炳辉部直驱闽北重镇邵武，黄立贵奉命率闽北独立团合围邵武。

第十章

古刹新颜罗炳辉解放邵武
熙春展旗独立团扩师铁城

　　打通闽北、赣东北与中央革命根据地，是党中央提出的任务。

　　早在 1931 年 6 月，毛泽东在给中共闽赣边工委的指示信中就指出："闽赣边区是个好地区：第一，蒋系地盘无直接威胁两广之弊；第二，地势偏僻，即不受威胁，若较之我们出南丰、宜黄者为小；第三，有山地纵横，无河川阻隔，最适宜成新战场；第四，有款可筹，一军以内，不愁给养；第五，群众很多，可以出兵扩大红军。因有这些条件，我们应该在这区域作长期工作计划。"

　　邵武即是毛泽东指出的闽赣边地区之一，是连接闽北革命根据地和中央革命根据地必经的"桥梁"，历来是闽北的政治、文化中心，福建"八府"之一，"盖以邵武为闽北重要门户，关系至为重要"号称"铁城"。国民党为割裂闽北苏区与中央苏区，不惜驻以重兵。

　　打通闽北与中央根据地任务提出后，红一方面军集中在江西广昌。为粉碎敌人对中央苏区的第四次"围剿"，1932 年 10 月 12 日，红一方面军总司令部在广昌召开重要军事会议，在周恩来、朱德和毛泽东的主持下，制定了《红一方面军建、黎、泰战役计划》。这个计划正确分析了当时形势，决定：红一方面军为了要策应各苏区红军互相呼应作战，乘敌人对中央苏区的进攻尚未部署就绪的间隙，"出敌不意迅速而同时地消灭建宁、泰宁、黎川的敌人而占领其地域，占领泰宁的兵团，并于占领泰宁时即刻发出一个相当的兵团直趋邵武，沟通崇安红军……"

根据这一战役计划的布置，10月16日，红一方面军各军团从广昌分路向建、黎、泰、邵进发。10月18日中午12时，罗炳辉率红十二军攻克建宁弋口，随后于19日中午12时围攻泰宁县城，敌周志群旅仓皇出逃，其主力向邵武方向退却。罗炳辉率部一鼓作气向邵武攻击追进。21日，红十二军驻梅口的一〇三团当晚追到邵武大埠岗，驻守邵武的周志群部闻讯后，胆战心惊，于酉时电示总部："本部力弱军竭，无力抵御。"国民党总部决定改变原定固守将乐、邵武一线之计划，令周志群旅退守建阳。

22日晨，红十二军在军长罗炳辉、政委邝朱权、政治部主任谭政率领下，不停地跑了140余里追至邵武城下。罗炳辉随即下令攻城。此时周志群部已精疲力竭，毫无回天之术，仓忙弃城逃往建阳。红军向建阳方向一直追击至离邵武城40余里的界首。是役，红十二军击溃周志群旅，缴获大批军需品，解放了邵武城。罗炳辉在这次战斗中，英勇果敢，动作神速，为此，朱德总司令打电报给罗炳辉，称赞他们是"两脚骑兵"。由于罗炳辉屡建战功，中央军委授予他二等红星奖章。后来斯诺前夫人、美国著名记者尼姆·韦尔斯在《续西行漫记》一书中，对罗炳辉的动作神速，英勇善战给予高度评价，称赞罗炳辉是"神行太保"。

1932年9月，浦城战斗结束后，闽北红军已发展到3000人，可以组编为一个师。这时，接到中央命令，迅速配合中央红军打通邵武，只得暂时搁置组编闽北红军独立师的计划。10月中旬，闽北红军集中精锐部队在黄立贵的率领下，从闽浙边回师，横穿闽北苏区向邵武挺进。

22日夜，当部队行至建阳与邵武交界的界首山坳时，突然与追击周志群残部的红十二军一部相遇，夜色下双方都未看清，各自令所部迅速抢占山头，占据有利地势。双方用军号沟通后，解除误会，于是合军向邵武进发，一路欢歌笑语，胜似久别亲人。

到达邵武城外，接罗炳辉指示，黄立贵将闽北独立团驻扎在城东隘口灵杰塔下的下王塘村，负责对建阳方向敌周志群旅的警戒。黄立贵率团部领导进城面见罗炳辉，聆听了罗炳辉对中央根据地情况介绍和战略意图。

红军进城的次日，中共邵武特区委和邵光特区苏维埃政府进城与红十二军取得联系，并于当日在县府边上的宝严寺汇同红十二军、闽北独立团领导，召开了邵光县革命委员会的筹备会议。参加会议的有红十二军的罗炳辉、邝朱权、谭政，闽北独立团的黄立贵、邹琦以及邵武地下党领导谢细崽、周保龙、马祥兴、冯友才等十余人。筹备会重点讨论开展宣传发动，打土豪筹款，建立政权，群众组织及建立工农武装，游击队等事宜。会议最后决定立即召开群众大会，成立邵光县革命委员会，组织工会、农会等群团组织，组建邵光独立团。

10月25日，千年古刹宝严寺（今博物馆）张灯结彩，"邵光革命委员会"成立大会在此隆重召开，会上推选周保龙、冯友才为邵光革命委员会正、副主席。随后又在小教场（现东南商业城）召开打土豪、分财物、济贫困群众大会，将红军入邵三天中打土豪所得30余担财物分给贫苦大众。

邵光革委会成立后不久，罗炳辉率部向顺昌与红一军团汇合攻打洋口，邵武城防务由闽北独立团和新组建的邵光独立团负责。闽北独立团从下王塘移驻城关，坚守邵武城42天。在这42天中肩负起宣传群众、组织群众、武装群众、帮助群众，建立革命政权等项重大的任务。进城的当天，在东关永生堂印刷店与店主联系，承印了大量的宣传马列主义的印刷品在群众中散发，还同邵光革委会派出工作队、宣传队分散到街头巷尾、集贸市场、车站码头刷写标语、安抚民众，大张旗鼓地宣传革命的道理，深入到水北、铁罗、拿口、沿山、城郊、大埠岗等地开展工作，打土豪、筹款、济贫困、发动参军，组建区、乡苏维埃政府和赤卫队、游击队武装，把革命的烈焰引向全县的各山乡。11月初，红一军团军团长林彪率部分将士到达邵武，视察了邵武的防务，并责成闽北独立团与邵光革委会赶制了一批冬衣和军需物资。

11月底，黄道等闽北苏区党政领导到达邵武，同时带来了闽浙赣省第二次工农兵代表大会决定授予闽北红军独立团扩编成师的命令和锦旗。

11月26日，邵武铁城熙春山下的小教场锣鼓喧天，上午9点，闽北独立团扩编建师仪式在这里举行。一队队战士整齐列队，接受了赶来祝贺的中央红军罗炳辉军长及黄道等闽北党政军领导的检阅。在鞭炮声中，黄立贵师长从黄道手中接过"闽北独立师"的战旗迎风展开，在战士们高呼"胜利！胜利！"的欢呼声中，将军旗郑重地交到站立在队首的旗手手中。

闽北独立师直属部队下辖3个团，约3000人，黄立贵任师长，同时各县也建立了独立团、独立营等地方武装，配合闽北独立师行动。

正当邵武革命形势蓬勃发展之际，11 月 18 日，福建"剿总"蒋光鼐集中 11 个团的兵力分三路向邵武进击，限令 11 月 30 日前"收复"邵武。红十二军根据红一军团的指示不以一城一地为重，向光泽、资溪战略转移。12 月 1 日，敌刘和鼎部、张炎部、马鸿兴部共 10 个团围攻邵武，新扩建的闽北独立师率邵光独立团等地方武装且战且退，撤出邵武城，奉命滞留在邵武、光泽之间待命，监视、干扰敌人。

这时，周恩来、朱德、毛泽东正在策划着一场更大的战役。

第十一章

大战邵武独立师阻断敌军
会攻光泽黄立贵聚歼杨团

　　1932 年底，蒋介石正调兵遣将发动第四次第二阶段的"围剿"，其先头部队进占南城、南丰、贵溪、金溪、邵武、将乐、建阳一线，对集结于黎川、资溪、光泽的红军主力形成合围。为打破敌人的"围剿"，中央军委在周恩来、朱德的直接指挥下决定对驻守邵武的敌六十一师张炎部 3 个团、刘和鼎部 2 个旅、周志群部 3 个团及驻光泽和顺的马鸿兴部 2 个团进行围点打援，目的是吸引在南城、南丰的敌主力周至柔、吴奇伟两个师，在运动中歼敌。但狡猾的敌军察觉红军的动向及作战意图，因其"分进合击"的部署尚未完成，竟全部龟缩至各县城，按兵不动。红一方面军决定主动引蛇出洞"东击邵引敌"。

　　1932 年 12 月 7 日，红一方面军发出回军邵武的指令，令闽北独立师游击于资溪冷水坑、湖石地域，牵制资溪之敌，对上清宫方面之敌形成威胁，保卫中央红军一军团林彪部从黎川经金坑、沿山进入邵武前沿阵地。黄立贵受命在我军行进左侧翼布防，同时派出新组建的闽北独立营、邵光独立团等游击于建阳、邵武之间敌后方，对敌左翼驻光泽县和顺村的马鸿兴部形成前后牵制。

12月12日，红一方面军发出攻击邵武的命令。红一军团林彪、聂荣臻部为右路纵队，一路消灭古山、沿山之敌抵进邵武城南旗山设立前指；红三军团在彭德怀率领下从泰宁出发，截断将乐、大埠岗、和平之敌，进至邵武侧背，控制南面制高点莲花山、廖家排。随即周恩来、朱德进驻邵武城西芹田、台上村，受周恩来邀请随军的毛泽东进驻古山村设立红军总指挥部。（此时毛泽东在王明等人的排挤下已失去对红军的指挥权）红十二军为左路纵队，截断邵武与光泽的交通；黄立贵率闽北独立师随同左路纵队进占界首、麻沙伏击建阳方向的敌援军；闽北独立营、邵光独立团进入邵武龙斗村，截断敌马鸿兴部归路，沿富屯溪北岸相机进攻邵武。敌马鸿兴部在龙斗的2个团察觉情况不妙，抢先放弃龙斗，从和顺村绕道富屯溪南岸仓皇逃进邵武城，黄立贵即令闽北独立营、邵光独立团尾击马鸿兴部追至邵武城下。13日驻建阳、顺昌敌刘和鼎部2个旅意图驰援邵武，在界首遭到闽北独立师的顽强阻击，寸步难进。14日总攻邵武的战斗打响，闽北独立营、邵光独立团随红一军团主攻西门，驻军熙春山，隔樵岚溪城濠与敌军对峙。是役，双方激战一夜，狡猾的敌人依仗邵武城坚兵多，固守不出，我军未能攻下邵武。15日，敌驻南丰、南城周至柔、吴奇伟两个主力师已向硝石出动，彭德怀建议周恩来致电中央，撤围邵武回击黎川，在运动中破敌。17日，牵制邵武之敌的重任交给黄立贵负责，黄立贵率闽北独立师、闽北独立营和邵光独立团奉令在邵武外围假冒红军主力牵制敌军，而红一军团、红三军团主力向黎川快速前进。但因我军回撤速度太快，敌周至柔、吴奇伟两个主力师嗅出风头不对，丢下先头部队又急忙回缩南丰、南城，红一、三军团顺势攻占金溪、资溪，打破敌人的"围剿"，取得战役的局部胜利。

闽北独立师在完成阻击和牵制邵武敌军任务后，转战于光泽、资溪、贵溪一带，1933年1月15日在光泽扫帚尾、司前一带建立苏维埃政权，25日到达贵溪上清宫，与中央红军、赣东北红军胜利回师。至此，闽北苏区与中央苏区、赣东北苏区连成一片。

1933年2月初，蒋介石以12个师分三路纵队采取分进合击的战术，由江西的乐安，南城、金溪分三路向广昌进攻，企图从广昌打进中央根据地的核心瑞金县。在周恩来、朱德同志的部署与指挥下，红军以一部分部队伪装主力诱敌于抚河东岸，将敌军主力第二、第三纵队向黎川方向吸引；主力红军一、三、五军团则秘密转移到敌军右翼，集中于广昌以西的东部洛口地区隐蔽待机。担任诱敌佯攻任务的红十一军（原赣东北方志敏部红十军改编，闽北独立师此时归并红十一军指挥）率四个师逼近浒湾，轻取浒湾后，向抚州方向进逼，按照周恩来、朱德同志部署的意图，在抚河东岸一带大张旗鼓地游击，威胁抚州。果然，蒋介石上当，以为红十一军是红军主力，便调集第二、第三纵队部份兵力跟踪追击。

红十一军进一步诱敌南下，造成要占领南丰的错觉，拉开敌二、三路纵队与一路纵队的距离。就在红十一军围攻南丰的时候，敌第二、第三路纵队果然上当，提前集中增援南丰之敌。

1933年2月21日，驻在邵武的国民党旅长周志群，派出第一团杨再禄团到光泽"围剿"在华桥一带活动的邵光独立团。23日晚，该敌返回县城，认为已把红军"赶"跑了，回到县城可以安心睡大觉。这时，周恩来命令红十一军跳出敌人的包围，改佯攻南丰为突然强攻光泽，进一步形成声势，巩固敌人的错觉，诱敌

二、三路纵队继续南下。

第二天，即 24 日，天还未亮，从南丰神速而来的红十一军已将光泽包围得水泄不通。战斗未打响以前，敌哨兵发现红军动向，曾向"安心睡大觉"敌杨再禄团长报告，而杨再禄以为仅是被"赶跑"的红军邵光独立团回来骚扰，倚仗自己装备精良，骄傲地说："没什么关系，等天亮了打那几个土匪兵也不怕什么。"

红十一军周建屏军长将 4 个师分置光泽四门，其中，东门由闽北独立师负责截断敌人往邵武逃跑的退路。黎明中，四师之众的强大红军就开始进攻。据汪东兴同志回忆：枪声一响，时任团宣传员的汪东兴加入攻城突击队，承担破袭任务，突击队乘敌不备率先攻入城内。红十一军 3 个师即从西、北、南三面以排山倒海之势冲进城内包围敌人，不让敌人逃过一兵一卒。敌人乱作一团，慌忙向东关逃窜，妄图逃回邵武。在东关河边，狗急跳墙的敌团长杨再禄慌忙组织兵力冒死突围。负责把守东关的闽北独立师坚决堵击，不放敌军过河一步。突入城里的 3 个师向东关合围，敌杨再禄团长走投无路，后有三面追兵，只得硬着头皮向黄立贵冲来，黄立贵端起轻机枪一阵扫射，将杨再禄当场击毙在东关河边。此战，仅一个多小时，全歼了杨再禄第一团，夺取了光泽县城。

光泽之战后，红十一军迅速回师南丰，继续佯攻诱敌。经光泽一战，蒋介石更加坚信红十一军是主力，集中二、三路纵队两路并进，快速赶往南丰。至此，敌一路纵队三个师孤立于宜黄、黄陂一带，与二、三路纵队拉开了距离。周恩来抓住战机，当机立断，红军主力一、三、五军团全线出击，于 2 月 27 日发动黄陂战役，一举歼敌二个师。红十一军趁势向北合围，将敌一路纵队逃往南丰之敌围歼。

53

黄陂战役后，3月周恩来随即发动广昌战役，黄立贵率闽北独立师配合中央红军、赣东北红军一起在草台岗、东陂连续歼敌第十一师大部、第九师一部，彻底粉碎了蒋介石的第四次"围剿"。

第十二章

闽赣建省根据地连成一片
组建军团独立师归并中央

1933 年 1 月 25 日，中央红军与赣东北、闽北红军在贵溪县上清宫胜利会师，至此，实现中央苏区、赣东北苏区、闽北苏区的贯通。中央为了巩固胜利成果，强化三块根据地的结合部，决定成立闽赣省。

1933 年 2 月 5 日，周恩来、朱德致电闽浙赣省委、省苏，通告了中央局的决定并征询意见，随后着手从中央局和闽浙赣省、闽北苏区抽调得力干部组建闽赣省的领导班子。1933 年 4 月，反第四次"围剿"胜利后，闽赣省筹建工作进一步加快，正式划出建宁、黎川、泰宁、邵武（西南部）、光泽、南城、南丰、金溪、资溪、贵溪（南部）、抚州为闽赣省，成立省委。4 月 22 日，中央局决定由顾作霖、邵式平负责闽赣省的筹建工作，5 月，黄道调闽赣省委任常委、秘书长和宣传部部长，黄立贵当选为闽赣省省委委员。

闽赣省境内有武夷山脉由北往南连绵不断，地势险要，物产丰富，由此东进可威胁南平、福州；西出可直逼抚州、南昌；南伸可支持赣南、闽西；北与赣东北相接，是一进可攻、退可守的战略要地，是中央革命根据地的东北门户和连接赣东北革命根据地的纽带和通道。第五次反"围剿"期间，福建省属的宁（化）清（流）归（化）革命根据地也划归闽赣省革命根据地。闽赣省全盛时期，面积约2万平方公里，人口100余万，区域范围包括现属福建、江西两省的三明、南平、抚州、上饶、鹰潭五个地、市的建宁、黎川、泰宁、资溪、崇安、宁化、清流、明溪、光泽、邵武、建阳、浦城、延平、南城、金溪、广丰、上饶、铅山、贵溪、将乐、沙县等21个县的全县或部分区域。

这时以崇安为中心的闽北苏区也达到鼎盛时期，统管着闽北的崇安、建阳、浦城、邵武，江西的广丰、上饶、铅山，浙江的庆元等地，纵横300多公里，近50万人口的广大苏区，红军正规部队和地方武装达万人。苏区的各项建设得到迅速的发展，工农业生产、文化、教育、卫生和群众福利事业等欣欣向荣，苏区呈现出一派繁荣的新景象：兵工厂、炸药厂、印刷厂……布满大安街附近各个山头；红色学校、训练班、医院有如雨后春笋般设立在碧波翠绿的山冈上；对外贸易处、银行、总工会等机构组织日臻完善。从此这里成了当时闽北革命斗争的策源地，苏区政治、军事、经济、文化的中心。

闽赣省成立后，为巩固革命根据地，执行中央"开辟东方战线，集中所属红军主力与敌作战"的决定，在红一方面军内成立红七军团。1933年6月15日，中共闽赣省委作出《关于创造红军第七军团的决议》。7月，红七军团在闽赣革命根据地组建成立，萧劲光任军团长兼政委。军团辖第十九、第二十、第二十一共3个师。黄立贵率闽北独立师离开了闽北，编入红七军团，并任红七军团第二十师师长，陈一任师政委。第二十师下辖三个团：第五十八团、第五十九团和第六十团。原闽北独立师改编为第五十八团；原邵光独立团改编为第五十九团第一营和第二营，原金、资模范团改编为第五十九团第三营；原建、黎、泰独立师和瑞金工人赤警营改编为第六十团。黄立贵兼任第五十八团团长。8月1日，中央军委发布训令，将建宁、黎川、泰宁、光泽、邵武、金溪、资溪7个县划为红七军团补充区，要求组织一个补充师。①

红七军团成立后，原闽北独立师成为中央红军，转战于中央革命根据地。第二十师在保卫中央苏区和反国民党第五次"围剿"及参加东方军系列战斗中建立了不朽的功勋。其中第五十八团（原闽北独立师）在黄立贵的率领下成为三年游击战中闽北根据地的主力；五十九团三营及六十团后来编入方志敏领导的北上抗日先遣队，余部随刘英、粟裕建立浙西南根据地；五十九团一营、二营（原邵光独立团）编入红三十四师（"绝命后卫师"）在长征之湘江阻击战中谱写了壮丽悲歌。

黄立贵调离闽北后，闽北分区委以崇安、铅山、广丰独立团为基础，复建了闽北红军独立团，由团长徐日荣率领，坚持闽北分区武装斗争。

---

① 《闽北革命史》等闽北史料及黄立贵墓和纪念碑大多记载黄立贵为红七军团二十一师师长，而赣东南各县史料多记载黄立贵为二十师师长。经查1933年7月5日《七军团之编制及装备的报告》之原始文件，该文件明确记载："二十师以闽北独立师编为五十八团，邵光独立团编为五十九团，以建黎泰独立师等编为第六十团；二十一师以闽赣独立师与建泰独立团合编为六十一团，以工人第二师编为六十二团，将扩大的黎川模范团编为六十三团。"另据粟裕将军回忆录，黎川失守后他任红七军团参谋长兼任二十师师长，黄立贵降为二十师五十八团（即原闽北独立师）团长。闽北史料多将黄立贵误为"二十一师师长"，可查资料源头或为1982年闽北党史座谈会上，曾任红七军团司令员萧劲光记忆失误，后成闽北方面的"定论"。

第十三章

失门户二十师孤守飞鸾
援黎川东方军大捷洵口

第四次反"围剿"后，以博古为首的中共临时中央进入中央苏区，"左"倾冒险主义逐渐在红军中占据主导地位，政治上提出御敌于国门之外，不丢苏区一寸土地，攻打大城市在数省首先夺取胜利的口号；军事上，采取将中央红军的两支绝对主力红一军团和红三军团分为两部分作战，提出了"两个拳头打人"的口号。"两个拳头打人"并没有什么错，关键是两个拳头必须相互配合，才有可能打出一套漂亮的组合拳。从后来发生的实际战况看，李德的"两个拳头"却是分派在了身前身后，置于南北两个方向，各干各的，这就事实上使红军的作战能力降低了一半。不仅于此，其余配合主力作战的红军各部也被分散在了中央苏区四周，这在战略上使我军处于被动！

对于"两个拳头打人"的口号，在后方养病的毛泽东挖苦为"使一个拳头置于无用，一个拳头打得很疲劳，而且没有取得当时能够取得的最大胜利"。

1933 年 7 月 1 日，经中央革命军事委员会决定，以红三军团为主成立了东方军，东征福建。东方军由彭德怀兼总指挥，滕代远兼政委，由红三军团和红七军团十九师、二十一师部分及闽西红三十四师组成。闽赣省只留红七军团军团长萧劲光率红七军团二十师及地方武装留守黎川。红军东方军在彭德怀、滕代远的率领下，于1933年7月2日从江西广昌出发向福建挺进。从7月7日开始至8月2日，东方军先后进行了泉上、连城、朋口战斗，消灭敌第七十八师约3个团。8月中、下旬，东方军攻占了顺昌的洋口和延平县的峡阳，接着，围攻顺昌、延平、将乐、永安四城。

就在东方军取得节节胜利的时候，蒋介石部署第五次"围剿"。1933年9月25日，国民党军以北路军3个师由南城、硝石向黎川发动进攻，开始了对中央苏区的第五次"围剿"。黎川，地处中央根据地东北，有"根据地北国门"之称，又是闽赣省省会所在地。博古和李德等人基于"御敌于国门之外"的"左"倾冒险主义，做出了"死守黎川"的错误决策。对此，黎川守将、闽赣军区司令员兼政委萧劲光提出了反对意见，建议让出城池，将主力集结于黎川东北方向，从侧面打击敌人，但被博古和李德等拒绝。

然而，就在"死守"命令已经下达，国民党军周浑元部3万余人正日益逼近的时候，李德却又下令将保卫黎川的主力部队黄立贵所率第二十师全部调走！要求第二十师在南城硝石方向待机，在运动中"短促突击"敌人，黎川只剩下一支70人的教导队和一些地方游击队，总计才五六百人，几乎就是空城！

1933年9月25日，国民党军3个师3万余人开始进攻黎川，萧劲光率领教导队70余人和地方武装几百人略做抵抗后，即于9月28日主动撤出。在南城硝石附近的黄立贵得知黎川失守，面对3万之敌，手下只有2000多人的第二十师根本不可能实现运动中

59

"短促突击"消灭敌人的预想，黄立贵率部从硝石且战且退，抢占黎川城东北 20 公里处之洵口飞鸢岭，只能孤军坚守。洵口是连接黎川、资溪、光泽三县的交通要道，背靠杉关，扼守入闽通道，是兵家必争之地。

在黎川吃紧时，博古、李德急令东方军回师救援，又令萧劲光以红七军团政委的名义率红二十师坚决收复黎川。这时彭德怀领导的东方军正在离黎川县城 200 多公里外的福建将乐、顺昌县包围敌刘和鼎部五十六师，彭德怀接到命令，只好放弃即将取得的胜利，挥师北移。9 月 28 日，彭德怀、滕代远率东方军右纵队取道顺昌泽坊、大干、邵武桥头，于 10 月 4 日抵达泰宁新桥地区；红五军军团长董振堂、政委朱瑞，率东方军左纵队于 10 月 4 日抵达泰宁县大田地区。这时黎川县城失陷，中央苏区北门大开，红都震惊。震惊中的博古、李德等人再次急电彭德怀火速前进，攻打硝石敌军。于是，两个纵队合并，10 月 5 日统一向南城县的硝石进发，计划占领硝石，收复黎川县城。

此时，已经攻占黎川县城的国民党中央军第八纵队司令周浑元，决定乘胜"围剿"洵口地区孤守飞鸢岭的黄立贵红二十师，命令他的第六师第十八旅旅长葛钟山，率兵与黎川县保卫团一部开赴洵口。

1933 年 10 月 5 日晨，葛钟山指挥先头部队第三十四团占领洵口，随后，敌第二十七团、第三十一团也先后到达洵口，对离洵口 7 公里的飞鸢岭形成包围。10 月 6 日，葛钟山接到报告，得知红军从泰宁回师援赣，先头部队已接近洵口，当即命令敌第三十一团、第三十四团向飞鸢进发，第二十七团固守洵口，妄图抢先解决红二十师，打通入闽通道。

10月6日晨，急进中的东方军在黎川洵口与敌意外遭遇。这天太阳被灰白色的浓雾遮盖了，东方军在浓雾中穿行。前哨部队进至洵口东的飞鸢岭附近，突然听到一阵激烈枪声，原来葛钟山已发起向飞鸢岭红二十师阵地的进攻。急行军的东方军红四师张锡龙、彭雪枫部，正好与敌第三十四团遭遇。红军战士发现敌情，枪声就是命令，立即抢占高地，向敌人侧翼运动。不久，主力部队赶到，几十挺机关枪对准敌人猛烈扫射，手榴弹暴雨般向敌人投去。坚守飞鸢岭的黄立贵发现援军到来，命令吹响冲锋号，红军战士猛虎般冲向敌阵。敌三十四团丢下几百具尸体，溃不成军，仓皇后退到洵口，与敌第二十七团会合，就地组织防御，企图固守待援。黄立贵率红二十师胜利与东方军会合。

当夜，彭德怀抵达际源（今黎川县三源村）的我方部队司令部。这场遭遇战是东方军原先未曾料到的，彭德怀和滕代远根据敌情变化，面对敌我兵力态势，当机立断，决定停止向硝石进发，集中优势兵力，立即消灭洵口的敌人。当晚即向各部下达作战命令，决不能让这股敌人逃脱！彭德怀、滕代远发出《东方军攻击洵口之命令》：张锡龙、彭雪枫第四师由飞鸢岭东向西面攻击；黄立贵第二十师由飞鸢岭至横亭由北向南攻击；陈伯钧、宋任穷第十三师，周昆第三师进抵海岭、白沙间构筑阵地，截断洵口守敌退回黎川的通道，并阻击黎川来的增援敌人。根据这个部署，红军各部10月6日夜急行军，全部到达战斗岗位。10月7日晨，东方军向洵口敌人发起总攻，守敌溃不成军。激战至上午10时，红军完全占领了洵口，除当场击毙之外，大部分敌军被红军俘虏。一股残敌向白沙方向逃窜，被红军宋任穷、周昆第率领的守军歼灭。另一小股残敌，妄图从莲塘经资福桥逃往南城，也被红军右翼纵队截断去路，就地歼灭。

第十四章

黄立贵活捉葛钟山
七军团血战赣东南

62

　　1933 年 10 月 7 日下午，由北向南攻击的红二十师在山岭土寨遇到葛钟山统率的敌第三十四团一个营残部负隅顽抗。"擒贼先擒王"，黄立贵立即命令红军紧紧将土寨包围，由一营正面向上进攻，务必在天黑前攻下。由于敌人在山顶构筑了工事，用两挺机枪交叉射击，雨点般的子弹封锁了上山的道路，进攻红军受阻。黄立贵在前沿阵地用望远镜观察，见山左有一条湮没在灌木林中的蜿蜒崎岖小道可达山顶。于是命令警卫排长挑选十个精干红军战士组成敢死队，从小道披荆斩棘，向山顶攀登。在猛烈炮火的掩护下，敢死队慢慢地攀上了山顶，摸到葛钟山藏身的山寨前。红军战士猛地踢开寨门，被惊动的葛钟山副官殊死抵抗，敢死队用手榴弹轰炸山寨，接二连三的爆炸声响彻云霄，寨内浓烟滚滚，一片惨叫声，组织抵抗的副官被炸死，寨里的敌军终于用竹竿挑起一块白布，不断晃动，一脸尘土的葛钟山举起双手，低头走了出来。

　　葛钟山被围时通过无线电发报机频频向黎川县守敌第八纵队

司令周浑元呼喊救援。周浑元当即从黎川县城和硝石调集援军，火速向洵口增援。增援敌军行至白沙以北的马鞍岭、鹅峰岭时（离洵口十多里），被东方军第三军团第五师寻淮洲、乐少华部顽强狙击。下午，洵口守敌被全歼后，红军乘胜向白沙进发，阻击部队向增援敌人发动猛烈进攻，敌人溃不成军。

这一战役，红军共歼敌 3 个团，俘敌旅长葛钟山以下 1100 余人，缴获机枪 29 挺、迫击炮 2 门、长短枪 1048 支、无线电发报机 1 台。洵口战役取得大捷，1933 年 11 月 11 日出版的苏维埃中央政府机关报《红色中华》第二版用了三分之一的版面，报道了洵口大捷。文章中称："1933 年 10 月 7 日发生在黎川县洵口镇的洵口战斗，是苏区第五次反'围剿'斗争的第一战。'活捉葛钟山'一战，成为运动战的经典之作，它有力地打击了国民党反动派进攻苏区的反动气焰，极大地鼓舞了红军苏区人民保卫苏区、战胜敌人的信心和决心。"这次意外战斗的胜利，反而进一步强化了博古、李德"御敌于国门之外"的信心，对长达一年的第五次反"围剿"最终失败产生深远影响。

洵口遭遇战后，博古、李德急于收复黎川，命令东方军继续攻打黎川北面的重镇硝石。10 月 9 日午后，彭德怀率红三、五军团、红七军团二十师与守硝石的敌二十四师接战。硝石地形易守难攻，敌构有坚固工事，加之敌机配合轰炸，敌周浑元部又率部从黎川增援，企图夹击红军。红军连日数度猛攻不克，导致重大伤亡。彭德怀接连电陈反对继续强攻硝石，得到复电后，红军才被动地撤出战斗。

10 月 16 日，红七军团第十九师及黄立贵第二十师一部猛扑金溪通往南城的必经之地左坊营。驻守于此的国民党军江西保安第三团经不住红军的猛烈进攻，节节败退，伤亡惨重。下午3时，国民党军第七十九师四七〇团轻装驰援，双方血战约半小时。不久，红军增援部队赶到，国民党军江西保安第二团也投入战斗，双方再次展开激战。下午7时，红军撤出战斗，向资溪方向转移。此次战斗，虽重创国民党军四七〇团和江西保安团，但红军伤亡也不少，没能取得预期战果。

10月22日，中央军委决心在资溪桥与敌决战，东方军再次发起对资溪桥和潭头市的攻击。资溪桥位于黎川以北，硝石东南，地处黎川至硝石公路中段。发起资溪桥之战的战役意图是以较少兵力攻击资溪桥和潭头市，主力则集结于石峡、洵口和湖坊地区，机动突击被我"运动"之敌。

然而，10月18日，黎川城的周浑元第八纵队除以1个旅守城外，已到资溪桥，并迅速修建了坚固的堡垒。而从南城出发支援硝石的国民党第三路军第五纵队4个师，在薛岳的指挥下，越过硝石，也已赶至资溪桥西北面的潭头，迅速筑成了坚固堡垒群。于是，在资溪桥至潭头方圆20公里的地域内，国民党军集中了2个纵队、7个师、26个团的强大兵力。

10月22日，彭德怀以七军团黄立贵之红二十师为诱饵，红五军团为主力，以红三、四、十三师向资溪桥和潭头市发起攻击，并将红三军团部署在石峡、洵口地区，南移的林彪红一军团主力集结于湖坊地区，作为东方军的预备队，准备在国民党军被牵动时，对其实施猛烈突击。战斗开始后，黄立贵率二十师主动向敌人发起进攻，但敌人凭借坚固的堡垒形成交叉火力坚守不出，红二十师未能牵动诱出敌人，26日，不得不放弃在资溪桥地区与敌决战的计划。

资溪桥战后，中革军委于10月28日对红七军团进行了改组，要求萧劲光"戴罪立功",暂留红七军团指挥,原任红一军团教导师政委的粟裕这时伤愈归队,改任红七军团参谋长兼二十师师长。黄立贵因黎川失利被追究责任,降级使用,免去第二十师师长职务,只保留第五十八团团长职务。

中革军委在硝石、资溪桥一带与国民党军主力决战的计划落空后,又计划在抚河上游地区寻机与敌军主力决战。为此,令第七军团伸入抚州地区活动,以求牵动金溪敌人西进或南城、南丰敌人北援;同时命令红一军团向红三、红七军团靠近,随时打击增援的国民党军。鉴于黎川、南城间堡垒重重,萧劲光、粟裕等率领红七军团,越过黎川和南城,借助山间小道,隐蔽地接近金溪县的浒湾镇,以便出其不意地攻击浒湾守军,吸引抚河以东的国民党军救援。

萧劲光、粟裕率领红七军团于 11 月 9 日进到金溪以西枫山埠、琉璃岗地区。11 日,红七军团第十九、二十师首先占领苦竹街,驱逐敌警戒部队,旋即依托苦竹街向浒湾之敌第三十六师和第八十五师发起进攻,连续攻击一昼夜,未能奏效。此时,据守琅琚的国民党军第四师邢震南部第二天迅速西援浒湾,当夜,红七军团即以红十九师 1 个团继续攻击浒湾,以钳制该处之敌,另以红十九、二十师及红三十四师集结于浒湾八角亭、大仙岭、高山岭一线构筑阵地,准备随时打击增援之敌。

红三军团得悉上述情况后,即于 12 日凌晨 3 时由珀玕地区出发,以协同红七军团歼灭移动中的敌第四师。12 日晨,驻左坊营敌第四师进到浒湾南面吴家岗以北,即展开兵力,向浒湾的大仙岭、八角亭的红二十师阵地进攻。粟裕率领的红二十师这时派出 2 个营协助红十九师监视苦竹街,用在主阵地的兵力实际上只有师部和红五十八团 1500 人左右。敌人发现三军团进攻其侧后，担心被前后夹击，立即倾全力猛攻正面。粟裕指挥二十师五十八团奋力反击，敌人以密集队形冲杀，红军居高临下顽强抗击，并结合反冲锋，给敌以重大杀伤。红二十师师部阵地最后只有机枪排的一挺重机枪，仅剩 70 多发子弹。机枪排长舍不得把子弹打光，粟裕抢步上前，夺过机枪，猛扣扳机，"哒哒哒"，70 多发子弹一齐射向敌阵，遏制了敌人的攻势。子弹、手榴弹全打光了，粟裕、黄立贵就和战士们就用枪托和石头砸，先后两次肉搏，才将敌人打下去。下午 4 时许，正当敌第四师向红二十师、红十九师猛攻之时，红三军团赶到，从东面和南面攻击敌之侧背。黄昏时，连续向敌发起猛烈攻击，敌不支，慌忙退缩到一片小山林内，就地构筑工事，组织防御。

13 日 8 时，国民党军出动 8 架飞机前来助战，低空猛烈轰炸扫射。被围困的国民党军第四师动用两辆装甲车拼命向八角亭、大仙岭红军红十九、二十师阵地反冲击，浒湾之敌也乘机向大仙岭、苦竹街红军阵地反扑。面对飞机集束轰炸和装甲车喷火突进，从闽北游击战转化而来的红十九、二十师将士从没见过，虽很顽强，但不知如何下手，十九师阵地首先被冲破。据粟裕后来回忆："敌人在向我发起反击时，派飞机、装甲车协同步兵作战，这是红七军团未曾经历过的。五十八团团长（黄立贵）是一位打游击出身的干部，人称游击健将，打仗很勇敢，但从来没有见到过飞机轰炸的场面。敌机集中投弹，他叫喊：'不得了啦，不得了啦!'其实他不是胆小怕敌，而是没有经过敌人空袭的场面。十九师是红七军团的主力，战斗力强，擅长打野战，但也没有见到过装甲车，这次敌人以两辆装甲车为前导冲击他们的阵地，部队一见两个铁家伙打着机枪冲过来就手足无措，一个师的阵地硬是被两辆装甲车冲垮。"

这时，东方军又侦悉金溪之敌企图西援，其先遣营已逼近杨公桥。据此，彭德怀、滕代远决定红四师及红五师1团原地监视被围之敌，红五师主力撤至南坑，协同红六师打击西援之敌。被围困的敌第四师乘东方军调整部署之机，在其空军支援和浒湾西援之敌协同下突出包围。红七军团被迫向北撤退。

战后才知道浒湾战斗竟然差点端掉了蒋介石的老巢。当时从小道绕过黎川、南城长途奔袭的红七军团，在神不知鬼不觉之中，竟挺进到距蒋介石设在临川第八中学的前进指挥所仅30公里的地段。当年在蒋介石身边的侍从邓文仪事后描述这是一场"围攻蒋委员长在江西临川的前进指挥所"的战斗。此战，我军只意在消灭运动中被围困的敌第四师，而国民党却以"誓死保卫领袖"投入战斗，所以异常顽强，战斗之激烈前所未有。

战后，红三军团由资溪桥附近及黎川以东向根据地内移动。从此，实际上取消了以红三军团为主组建的东方军这个番号。

硝石、资溪桥、浒湾等战斗，是红军面对国民党碉堡战略的第一次也是唯——次的大规模的主动进攻战斗，虽然红军作战十分英勇，但由于与国民党优势军队打正规战、阵地战、堡垒战，在抚州境内连战1个多月，损失惨重。在彭德怀等野战指挥员的坚决要求下，中革军委决定将红军撤离国民党堡垒地区。

彭德怀痛感一、三军团分开作战的弊病，1934年1月团村战斗结束后，抱病填词一首，表达当时愤怒的心情："猛虎扑群羊，硝烟弥漫，人海翻腾，杀声冲霄汉。地动山摇天亦惊，疟疾立消遁。狼奔豕突，尘埃冲天。大哥未到，让尔逃生。"这里的大哥就指红一军团。

整个战役结束后，博古、李德追究萧劲光的责任，1934 年 1 月，以"罗明路线在军队中的代表者"的罪名，撤销萧劲光军籍和党籍，经中央苏维埃法院判决，判处萧劲光五年徒刑。萧劲光是毛泽东的得力干将，毛泽东得知后认为处理萧劲光就是"杀鸡儆猴"，目的是打击他。在毛泽东等人的营救下，萧劲光被关押了一个月释放，调任红军大学教员，遵义会议之后才得以平反。萧劲光被追责后，中革军委对红七军团领导层进行改组：红三军团第五师师长寻淮洲调任红七军团军团长、王明的亲信乐少华调任政委、粟裕任红七军团参谋长兼二十师师长。主动坚守飞鸾岭，活捉葛钟山，英勇参加奋战的黄立贵却被错误处理，降职为五十八团团长。

第十五章

福建事变十九路军起兵反蒋
牵制国军五十八团反击铅山

1933 年 11 月 20 日，正当红一方面军第五次反"围剿"作战陷入被动之时，以陈铭枢、蒋光鼐、蔡廷锴为首的国民党第十九路军将领，联合国民党内李济深等一部分反对蒋介石的势力，在福州发动"福建事变"，成立"中华共和国人民革命政府"，公开宣布与蒋介石国民党政府决裂。蒋介石为了镇压第十九路军，急忙从"围剿"中央苏区的北路军中抽调 11 个师，与江浙一带的部队编成"入闽军"，由蒋鼎文率领，分由江西、浙江入闽，"讨伐"第十九路军，而对中央苏区则暂取守势。这样，中央苏区的东面、北面压力大为减轻，形势对红军十分有利。

早在 10 月 26 日，十九路军代表陈公培和红军代表彭德怀在南平王台镇签订停战协定，划分"国界"，派代表至江西瑞金与中华苏维埃政府秘密签订《反日反蒋的初步协定》，为事变的发动创造了条件。当时以博古为代表的"左"倾中共领导层，对福建事变看法非常极端，面对十九路军突然伸出的橄榄枝，张闻天公开指出，福建的形势变化可能是"过去反革命的国民党领袖们与政

69

客们企图利用新的方法来欺骗民众的把戏"。毛泽东正确地分析了当时的形势，及时向中共临时中央建议：以红军主力"突进到以浙江为中心的苏、浙、皖、赣地区去，纵横驰骋于杭州、苏州、南京、芜湖、南昌、福州之间，将战略防御转变为战略进攻，威胁敌之根本重地，向广大无堡垒地带寻求作战。用这种方法，就能迫使进攻江西南部、福建西部地区之敌回援其根本重地，粉碎其向江西根据地的进攻，并援助福建人民政府"。但是，以博古为首的中共临时中央，却不懂得建立统一战线的重要性，不肯与十九路军在军事上进行配合，拒绝采纳毛泽东等的正确建议。当时的中央领导为此产生激烈分歧，甚至上报共产国际裁决。面对这种有利的形势，周恩来也致电中革军委，建议红三、五军团侧击蒋介石的入闽部队。张闻天随后也改变态度认为，红军应在军事上与第十九路军采取配合行动。

在周恩来、张闻天、彭德怀等人的坚持下，不久中革军委回复十九路军，苏区和红军"准备在任何时候同你们联合，同你们订立作战的军事协定"。但在极左路线的支配下中共临时中央和十九路军始终貌合神离，互存疑虑，最后双方连共同作战的协定都无法达成。博古、李德等对此的打算是：只对开往福建的国民党政府军加以游击和侧击，而"让十九路军替我们去打该敌"。在这种错误思想指导下，博古、李德主持下的中革军委，在军事部署上决定只派少量红军主力和地方武装在国民党政府军入闽道路上牵制、骚扰，没有采取任何更积极的战略行动来配合第十九路军。拖延至1934年1月中旬，共产国际执委会复电也建议红军进兵福建，打击蒋介石部队的侧翼和后方，唯共产国际是从的中共临时中央才派彭德怀指挥部队二次入闽，向福建中西部的沙县发起了猛攻，但此时蒋介石已经轻而易举地击败了十九路军，彭德怀的行动开始不久，福建事变就被平息。蒋介石又腾出手来全力进攻中央苏区，红军丧失了打破第五次"围剿"的一次大好机会。

11月中下旬开始，国民党政府军江西方面卫立煌部统领在抚州的3个师，陆续由抚州经金溪、资溪、光泽、邵武进入福建；浙江方面陈诚部统领6个师从浦城陆续入闽；福建原刘和鼎部2个师逼近南平。蒋介石临时在浦城修建机场，亲自飞临浦城坐镇指挥。

按中央"少量红军主力和地方武装对开往福建的国民党政府军加以游击和侧击"的思路，此时驻守抚东一带的黄立贵红五十八团成为离敌卫立煌部入闽通道最近的一支红军正规军，中革军委要求红五十八团火速就近"牵制、骚扰"入闽敌军。11月下旬，黄立贵分析敌情后，决定趁铅山敌军调动之机，攻打在闽赣边界有枢纽地位的铅山县城，牵动入闽敌军回援。

铅山县政府所在地永平镇，四周有高大的城墙，城南是一片高山，国民党二十一师的部队控制各制高点，城东、西、北三门都与水路相连，白天来往行人从桥上过，晚上掌灯以后，守桥的敌人把桥中间堵死，断路宵禁。1932年以前，闽北独立团和铅山独立营都曾几次打过铅山县城，皆因城防坚固，不能奏效。根据前几次作战的经验，黄立贵决定将五十八团秘密隐蔽在城南福兴一带的山里，铅山独立营派两个连佯装攻城，把敌人从城里引出来，然后回头与五十八团合围，把出城的敌人歼灭。

部队连夜从紫溪悄悄地向县城进发。时任铅山独立营教导员的陈仁洪（1955年授少将）率铅山独立营作为佯攻部队走在前面，拂晓队伍抵达铅山城外南关，便发起了"攻击"，"噼噼叭叭"的枪声穿过晨光飞进城里。但敌人却关闭城门，依托城墙与我对峙，直到日近中午，敌人始终没有出动。黄立贵料定敌人不会出城，只好通知部队撤回紫溪。回撤时五十八团为前卫，铅山独立营随后跟进。冻了一夜，没能歼灭敌人，战士们有点扫兴，一路上都在骂敌人狡猾。走着走着，队伍接近虎形村时，突然前面响起了激烈的枪声：情况有变！五十八团迅速向虎形村东山前进，抢占制高点，陈仁洪指挥铅山独立营赶紧跟进。

原来，铅山独立营攻城的时候，铅山县城的敌人因不明虚实，没敢轻易出城，却通知驻石塘镇的一个团在我军返回的路上反伏击，石塘敌军尚未到达伏击地点就在途中与回撤的五十八团遭遇。狭路相逢勇者胜，黄立贵立即组织部队反包围，命令铅山独立营迅速抢占右边高地，防止被敌军切断退路。铅山独立营轻装向山顶冲去，与敌人抢时间，仅比敌军抢先一步爬上了山顶，以唯一的一挺马克辛重机枪居高临下将敌人压了下去。

黄立贵指挥部队猛打猛冲，铅山独立营凭借有利地形，配合五十八团把敌人一个山头一个山头往下赶，不一会儿，便把他们压到山下的稻田里。收割后的稻田又湿又黏，稻茬绊脚，敌军跑起来十分吃力，黄立贵指挥战士们居高临下沉着射击，把敌人一个个打倒在稻田里。战斗到黄昏，虎形村周围的稻田里、山坡上，到处都是敌人的尸体，残敌狼狈地逃回石塘镇。

这一仗，敌二十一师死伤700多人，虽未能调动入闽敌军回援，但造成极大的声势，遭到沉重打击的敌二十一师迟迟不敢离开铅山，足足调整、盘桓了半个月才入闽。

12月18日，国民党七十六师进入光泽，光泽县城失守，黄立贵率五十八团转战邵光一带，层层阻滞敌人。12月21至23日，红五十八团在光泽崇仁乡金陵山依托有利地形与优势敌七十六师周旋、激战三天三夜，获得连续的胜利，有力地迟滞了国民党军入闽的进程。

第十六章

闽赣阻隔工作团滞留闽北
乌云压城黄立贵未雨绸缪

在中共临时中央极左路线消极防御的错误思想指导下，蒋介石得以迅速进占闽北重地邵武和浦城，并以邵武、浦城为入闽镇压福建事变的策源地，向十九路军发起进攻，孤立无援的福建人民政府，在蒋介石的军事打击和分化瓦解下于 1934 年 1 月底很快失败。蒋介石又腾出手来全力进攻中央苏区，1 月下旬，还在镇压福建人民政府的后期，即重新调整了其"围剿"中央苏区的军事部署：以入闽"讨伐"第十九路军的主力为基础，编为"围剿"中央苏区的东路军，下辖第二、第五路军和总预备队，共 16 个师又 1 个旅、2 个团；原进攻中央苏区的北路军下辖第一、第三、第六、第二十、第二十六路军和总预备队，共 25 个师又 2 个旅、1 个支队和 3 个团。随即命东、北两路军重新向中央红军和中央苏区发动进攻。从此，第五次反"围剿"陷入最困难的时期，红军作战接连失利，根据地日渐缩小。

大量国民党军入闽也给闽北根据地带来空前压力。蒋介石将闽北作为镇压十九路军的前进基地，为巩固这一战略"后方"，

73

1933 年 11 底起，蒋介石以抚州、邵武、浦城为基地，对赣东北、闽北进行大规模"清剿"，从四面八方收缩包围圈，蚕食闽北苏区，继黎川失守后，资溪、贵溪、金溪、光泽、东方、泰宁、建宁相继失守，12 月 21 日，崇安失守，闽北苏区与中央苏区重新被隔离，中央决定将闽北苏区划归闽浙赣省领导。

在蒋介石"清剿"赣东北信州、抚州地区时，闽赣省委决定成立闽赣省委工作团进入抚河南岸及信江流域，加强这一地区的工作。工作团由黄道、李德胜、曾昭铭、曾镜冰等人组成。黎川等地失陷后，信、抚苏区丧失，工作团被阻隔在抚东地带。面对新情况，黄道考虑抚东大部分是新区，群众基础较薄弱，而闽北地区则是老区，群众基础好，如将两区合并，统一指挥，则十分有利。因此，他向中央建议，抚东分区与闽北分区合并，撤销抚东分区，由闽北分区统一领导，中央批准这一建议，决定由黄道为首的工作团进入闽北苏区，加强对闽北苏区的领导，黄道再任闽北分区区委书记，李德胜任闽北分区军委主席。

1934 年 1 月初，活动在邵光一带的红五十八团黄立贵部奉命北上迎接、护送黄道工作团。工作团在黄立贵率队护送下，经光泽、邵武城西到达楼屏，翻越鸭母关，进入崇安。红五十八团完成护送任务后，闽北局势日益紧急，敌人采取构筑堡垒层层封锁，致使红五十八团亦无法再返回中央根据地。经黄道向闽赣省委请示，这只由闽北健儿组成的红军正规部队保留红七军团第二十师五十八团番号，但留在了闽北，归闽北分区委领导，重新担负起保卫、拓展闽北苏区的重任。

黄道到大安以后，立即召开分区委扩大会议。传达中央的决定，分析当前的形势，研究今后的方针。一致认为，闽北目前比较安定的局面是暂时的，必须利用这个有利时机，未雨绸缪做好充分准备，迎接即将到来的严峻的斗争。当前的中心任务是：扩大红军，发展生产，开辟新区，积极歼敌，配合中央红军，粉碎敌人的第五次"围剿"。

分区委扩大会议后，在黄道、黄立贵等的领导下，立即进行了广泛、深入、细致的工作。短短几个月里，扩大红军工作取得显著成就。红五十八团和闽北独立团的力量得到补充，还新组建了西南独立团和广浦独立团，充实了各县独立营。其时，闽北根据地的主力部队和地方部队发展到 5000 余人。各地的赤卫军和少年先锋队也进行了整顿。由于有黄道等的坚强与正确的领导，闽北革命根据地在敌人发动第五次"围剿"最困难的情况下，以大安街为中心的根据地仍然保持着一派欢乐和平的景象。据曾镜冰回忆："有一条与中央苏区不一样，与赣东北是一样的，即在白区有工作，有秘密组织，所以国民党无法封锁住我们。中央苏区当时盐、布、鞋子胶鞋、手电、西药等物资有困难，闽北由于白区工作搞得好，敌人封锁不了，群众生活不感到困难。"

在军事上，黄立贵率闽北红军在 1934 年上半年实施了一系列主动出击，为打开局面进行有益的尝试。

1934 年 3 月初，为再次打通闽北苏区与中央苏区的联系，黄立贵率队向黄坑进军。黄坑位于崇安、建阳与邵武三县的交界，是闽北苏区通往中央苏区的必经之路，也是国民党军新编第十一师和第七十六师防区交接部位，属两不管地区，敌之防守力量较薄弱。

黄坑的大地主冯克明在这组建了一支由地痞流氓等亡命之徒组成的联甲兵，配合国民党新编十一师对我苏区"清剿"，经常对我根据地进行骚扰。黄立贵先绕道建阳杜潭，造成攻打杜潭的声势，然后折转向南，于下半夜突然奔袭黄坑。次日凌晨，五十八团抵达黄坑的塘头村，估计冯克明必去界首向国民党新编十一师求援，于是果断地决定在塘头村河边埋伏，准备打它个措手不及。果真不出所料，不到一顿饭的工夫，冯克明的联甲兵便在晨雾中出现了。时值早春，正是春寒料峭，塘头河水冰冷刺骨，这些联甲兵拥挤在河滩上，谁也不想先下河。带队的冯克昌（冯克明之弟）见状，气青了脸，朝天放枪胁迫，联甲兵们只得脱下鞋袜，慢腾腾地下了河。等到联甲兵全部涉水走到河中间，黄立贵一声令下，一阵排枪过来，联甲兵在河中间顿时躺下20多具尸体。侥幸未被击中的，转身就往河岸上爬，又是一阵排枪，岸边又留下了十多个联甲兵的尸体。冯克昌这时也顾不得自己的面子难看，抢在头里滚向河岸边的芦苇丛中。尚存的20多名联甲兵，都学着他们二主子的样子，个个争先恐后地滚进芦苇丛里逃命。战后，黄立贵在黄坑成立西南中心县委，辖邵武、光泽、建阳3个县委，由吴先喜任书记。

攻占黄坑后，黄立贵继续向邵武、光泽挺进，率300余人，在邵武的一、二、三、四都，漠口、高阳一带发动群众打土豪，建立革命根据地。不久，黄立贵率部转战到邵武龙斗一带，与敌新编十一师一个连激战，全歼国民党军新编十一师1个连，缴获步枪10余支、子弹1000余发、手榴弹20多枚、军衣50多套。龙斗战后，敌新编十一师加强了对邵光方向的围堵，5月，黄立贵率队转向江西金溪、资溪一带。

1934年5月下旬，金南特区游击队获得情报：国民党军有大批食盐等军需，趁着涨水季节运往南城。船队从抚州出发，由省保安大队一连人护送。游击队将此情报及时向上级党组织汇报。黄立贵决定率领五十八团与金南特区聂显书带领的游击队配合，截取敌军的船队。

5月27日，五十八团和游击队连夜赶到预定的地点——石门附近的鸣山口埋伏下来。次日下午3时，敌军的船队果然鱼贯而来。在船上撑船的有我们的地下党员，事先约好地下党员在晒有渔网的盐船上，于是，红军和游击队的枪口都对着无渔网的军船。当船队全部进入红军有效射程的鸣山口时，黄立贵一声令下，红军的步枪、机关枪子弹似雨点般地射向没有渔网的船。突如其来的枪声，吓得国民党军惊慌失措，乱成一团。此时，红军高声喊话"盐老板，快把船靠岸！"（盐老板是地下党员的暗号）每条船上的盐老板都忙着撑船向鸣山口靠拢。省保安大队的连长站在最后一条船的船头上，手中举着驳壳枪，慌忙阻止盐船靠岸。这条船上的地下党员李老三悄悄走到船头，并向在船尾掌舵的弟弟李老五使眼色，趁着敌连长狂叫的机会，一个箭步奔到他的身边，拦腰一抱，敌连长遭此袭击，挣扎着向背后连打几枪，子弹从李老三身边掠过，全部打入河里。在这紧要关头，李老五扑了过来，用力把枪缴了过来。李老三见弟弟得手，飞快地把敌连长推入河中，自己也跟着跳了下去。直到把敌连长弄得半死不活，才提上岸来。与此同时，数十名英勇的红军战士纷纷跳入水中，跃到船上。国民党军官兵一个个把枪举在头上，向红军投降。

这次伏击战，共俘虏敌军连长以下官兵150余名，缴获食盐18万斤，长、短枪150多支，子弹100多箱。金南特区党组织发动四乡的群众连夜打起火把，将战利品陆续不断运往苏区，为闽北苏区度过困难时期准备了一批物资。

但由于敌军从邵武到资溪已建立坚固的堡垒群，而中央苏区连连向后收缩，试图再次打通与中央苏区联系的战略任务没能完成。黄立贵在分析当时敌军形势后，决定率部转向敌人后方建（建瓯）松（松溪）政（政和）一带打开局面。

尝试外线黄立贵试刀政和
一曲红歌太平隘吓退强敌

　　1934年初，原属福州分区委管辖的政和特支委书记黄可英牺牲，政和红色力量遭到沉重打击，6月，政和特支委副书记杨则仕向闽北苏区求援。闽北分区委趁敌谢斌部八十五师换防之机，当机立断命令黄立贵、陈一率红五十八团挺进到敌人驻守相对薄弱，革命有基础、有影响的建、松、政一带开辟新区，牵制敌人兵力，缓和敌人对闽北根据地进攻的压力。

　　1934年7月18日，黄立贵团长、陈一政委奉命率红五十八团和随军工作团共800多人突入建、松、政地区，取道回潭，攻克水吉，连下外屯、杭头、北坑，然后兵分两路，到达政和的西表村与在当地坚持斗争的政和特支委杨则仕等人会合。翌日，一举占领东平重镇，东平反动民团团长张太顺毫无招架之力，缴枪50多支投降。随后，黄立贵坐镇东平镇指挥，分兵几路，以迅雷不及掩耳之势，仅用十天的时间，先后摧毁了建瓯川石、玉山；政和的护田、石屯；松溪的梅口、路桥；水吉的樟墩、杭头；浦城的水北、濠村、石陂等地五县边界的反动武装，一下子就控制了

40 多个村庄的地区。

在军事上取得节节胜利的基础上，8 月底，以政和特支为基础组建中共建松政中心区委，直属中共闽北分区委领导。9 月初，由红五十八团团长黄立贵、政委陈一主持，在西表村宣布成立建松政革命委员会，杨则仕任主席。杨则仕抓住这个大好形势，趁热打铁，9 月下旬，建松政革命委员会在凤池村外空坪上，搭了一个大戏台，数千欢腾的群众，从四面八方涌向凤池村，参加声势浩大的建松政边区工农兵代表大会。大会由黄立贵团长、陈一政委主持，建松政革命委员会主席杨则仕宣布建松政县苏维埃政府成立，建松政县苏维埃政府的牌子挂上了凤池村杨氏祠堂大门口。会议选举西表村贫农张顺礼为主席，杨则仕为副主席。县苏维埃下设政和、水吉、松溪、浦城 4 个区苏维埃，建立建松政工农红军独立营，调红五十八团三营营长兼任独立营营长，有 400 多人和枪支。会后，上演了文明戏，庆贺红色政权正式成立。以凤池村为中心的建松政苏维埃区域包括原水吉县的十多个乡，浦城县水北 4 个乡，松溪县路下桥 3 个乡，建瓯县川石 3 个乡，政和县整个东平区、石屯乡的石门及杨源乡的山头等十多个乡，辖区之内人口达 9 万多人。

国民党对后方出现红色政权十分震惊，如芒在背。9 月中旬，国民党刘和鼎部五十六师 3 个营伙同建瓯、松溪、政和、水吉、浦城等县反动民团 2000 多人，趁红军主力大部兵力由政委陈一率领到水吉、松溪、浦城之间的千仙岗一带策应北上抗日先遣队之际，从松溪、浦城倾巢而出，偷袭东平镇。

这时，驻守东平镇的只有黄立贵率领的五十八团一个营和新成立的地方武装建、松、政独立营。黄立贵获悉敌人偷袭东平的情报后，针对敌众我寡的敌我态势，克服部分新入伍同志畏敌情绪指出："敌人虽数倍于我，但他们长途跋涉，孤军深入，又多是乌合之众；我军兵力虽少，但以逸待劳，又有根据地广大群众的支持，只要我们采取正确的战略战术，就一定能打退敌人的进犯！"当即派出一支小分队牵制、迟滞敌人，自己亲率红军一个营和建松政独立营共300多人奔赴敌人必经之路——东平村太平隘。

太平隘在东平镇东平村与营前村之间，距东平3华里，隘口上方高山雄居，山下一条小路蜿蜒伸向松溪柯厝方向；隘口的左边卧着连绵起伏的丘陵；右边则铺着一片烂泥田，地形险要。自古有守住此隘则四境太平之说，故名太平隘，是东平北面的咽喉。黄立贵率队在此隐蔽伏击。

上午9点钟，敌人队伍像一条长蛇，沿着崎岖山路盘旋而上，当敌兵一个个累得上气不接下气，趔趔趄趄地窜进了我军的伏击圈时，黄立贵一声令下："同志们，为保卫苏维埃，狠狠地打！"霎时，阵地上机枪、步枪和赤卫队的土炮三面夹攻，形成强有力的火力网准确地在敌群中开花。敌人措手不及，被打得晕头转向，乱成一团，互相践踏，拼命往两边山上乱窜。这时敌指挥官慌忙命令抢占右侧烂泥田后面的山头，企图迂回偷击左侧我军阵地，逼压我军后退。黄立贵一眼识破敌人的意图，立即率一部红军和赤卫队，高喊着"同志们，冲呀！"勇猛地冲向敌人阵地，缠住敌人近身肉搏。战士们以一当十，锐不可当，敌人抵挡不住，四处奔逃，我军趁势夺取右侧山头。

敌人虽已损失惨重，但仗着人多的优势又重新组织兵力，发动更大规模的集团冲锋，妄图再度攻占右侧山头。中午过后，敌军号叫着向我军扑来。当敌人喘着粗气爬到半山腰时，黄立贵一声令下，顿时，子弹像暴雨般地射向敌群，敌人丢下了成堆的尸体，连滚带爬败下去。此时我左侧红军也从山顶上冲下来，敌人腹背受敌，四处溃散。敌指挥官连忙挥舞着驳壳枪，收集残部，逃到一个山坡上，据险死守，我军也占据了对面小山冈，两军隔着一片开阔地形成对峙。

　　此时我军人少，弹药也不多，不宜硬拼。相持到傍晚，黄立贵将四里八乡赶来助战的群众组成宣传队，向敌展开了宣传攻势。夜幕中，从不同山头，不同口音的喊话声此起彼伏响起："白军兄弟们，我们都是穷苦百姓，谁无父母？谁无兄弟姐妹？你们为什么要替国民党打仗送命？为什么把枪口对准自己的穷兄弟？""赶快撤退吧，再也不要为当官的卖命了！快撤退吧！"正在敌人被四面八方不同口音的喊话声搞得晕头涨脑，弄不清红军来了多少增援部队时，黄立贵又组织一批女战士唱起了《劝白军弟兄》的红军歌曲："白军弟兄们，痛苦到万分，官长压迫打骂实在凶。要找出路，只有投降来。投降我红军，拥护苏维埃，为自己自由，为自身解放，哗变过来杀死你官长……"

　　清亮的歌声在山谷里回荡，惊慌失措的敌军已毫无斗志，趁着夜色慌忙向浦城方向溃逃。

　　这一仗，我军歼敌 200 余人，缴获机枪 1 挺、步枪百余支，手榴弹、子弹无数，还缴到子弹袋、被子、斗篷、军毯等一大批军需物资。

　　太平隘战斗是建、松、政苏区创建后规模最大的一场保卫战。

　　两天后，趁敌军退缩，黄立贵又率部乘胜进兵围攻松溪县城。关于围城情况，事后《福建民报》有报道："福建省政府主席陈（仪）电（松溪县）县长陈（景云），查松溪被围困五日，迭电告急，应援无兵，粮尽堪虞。赖陈县长督励兵民，持久坚守，方得告无虞，至为嘉慰……"而实情却是，红军正在砍毛竹架设云梯准备攻城时，国民党松溪县长陈景云却驱赶大批老百姓到城头做挡箭牌，黄立贵不忍伤害百姓，围城五日后自行撤回东平镇。

　　1934 年 10 月底，按闽北分区委的通知，建松政苏维埃组织了一支 120 人的赴闽北崇安参加"庆祝十月革命节活动"的参观团，由杨则仕带领，从西表村出发，经水吉外屯乡时，遭遇大刀会包围。此时，黄立贵正率五十八团在浦城、龙泉一带策应红七军团改组的北上抗日先遣队。闻讯后，黄立贵火速赶往解围，并亲自护送参观团到崇安大安。此后，因敌人加紧进攻闽北苏区，红五十八团与建松政参观团遂留在崇安参加大安保卫战。

第十八章

浦城策应先遣队
龙泉围攻盐务站

1931 年，日本帝国主义制造"九·一八"事件，侵占我东北三省后，继续大举入侵。国难当头，全国人民纷纷要求停止内战，抗日救亡。但国民党蒋介石不顾人民的正义要求，坚持反共立场，提出"攘外必先安内"的反动口号，又调集大量兵力向中央苏区发起第四、第五次"围剿"。1934 年 7 月，中共临时中央派出抗日先遣队，举起北上抗日的旗帜，从中央苏区的东部出发，向闽、浙、赣、皖诸省的国民党统治区后方挺进。

先遣队由红七军团组成，寻淮洲为军团长，乐少华为军团政治委员，粟裕为参谋长，刘英为政治部主任。全军团共 6000 多人，编为 3 个师。先遣队从江西瑞金出发，经闽西、进军闽中，攻打福州，驰骋闽东，转战闽浙边，一路冲破国民党军重重堵截和追击，声威大振。同年 9 月 3 日，由浙江龙泉八都西进，抄山路达闽浙边境，突然回军浦城。

先遣队进入浦城前夕，闽北红军积极策应。此时在政和的黄立贵命广浦独立营、浦西游击队于 9 月 1 日上午到高路（今高源）、流源、登俊、党溪一带接应，于2日晨回兵袭击仙阳、巽源。红五十八团则在黄立贵率领下，在建松政地区频繁活动迫使国民党驻松溪、浦城部队无力阻截北上抗日先遣队。一时，浦城一带敌军人心惶惶，9月3日，国民党福建省第十行政督察专员兼浦城县县长盛开第分别密电上饶警备司令部和南昌行营委员会蒋介石："松政赤匪，似有大举攻浦，与崇安连击之企图。"

9月5日，先遣队向浦城忠信乡进军，途中与黄立贵派来迎接的广浦独立营、浦西游击队会合。广浦独立营、浦西游击队配合先遣队歼灭浦城县自卫队中队一个连。

先遣队原计划利用闽北苏区的有利条件进行休整和总结，同时计划以这里为依托寻找战机，给尾追的国民党第四十九师以有力的打击，摆脱被动地位，尔后再向浙西、皖南发展。为此，寻淮洲电令红五十八团从政和向浦城靠拢，以吸引和调动更多的敌人。红五十八团主力随即由政委陈一率领向浦城千仙岗一带运动。但是，由于中革军委指示先遣队迅速离开闽北，先遣队休整三天后未等到红五十八团，于9月9日离开浦城古楼，留下先遣队第五十五团二营四连、六连，由营教导员洪家云率领，将一批200名的伤病员还有一批武器、弹药等战利品送交闽北根据地。几天后，该部在古楼洋潭桥与陈一政委所率红五十八团主力会合完成交接，随后率部追赶先遣队，但在江山被敌封锁，只得再返回浦城一带游击。

太平隘伏击战后，黄立贵也率五十八团余部从政和赶往浦城策应先遣队，但此时先遣队经浦城已前往浙江。黄立贵部在浦城九牧与洪家云部会合。此后，上级指示洪家云部留在闽北，改编为闽北红军三团，闽北独立师成立后为独立师三团，1935年3月归建刘英、粟裕在浙西南游击的挺进师。

到达浦城的黄立贵根据浦城群众的要求，率部800余人，从浦城择门出发去攻打龙泉八都盐务站。

原来，蒋介石不仅在军事上封锁革命根据地，还在物资上加强对根据地的经济封锁，尤其是对必需的食盐采取计口售盐，致使食盐比黄金还贵，民间有谚语"宁丢一袋米，不失一撮盐"。当时闽北的食盐，主要有闽盐和浙盐，浙盐来自浙江龙泉，称龙泉盐，靠人力肩挑入浦再辗转闽北各县。长期以来龙浦两地的人民用浦城的米、龙泉的盐彼此进行物资交流，但经济封锁后，各县设立"封锁匪区管理所"、在交通要隘设分所，龙泉国民党当局为了杜绝食盐进入闽北革命根据地，对食盐的销售运输进行了严加控制和监督，一律禁止自由贩卖，施行公卖办法，购买食盐需持购买凭单，每人每天食盐限制到四钱至五钱。同时，在龙泉的八都设立盐务站，并派重兵驻守，不准往浦城运盐，企图堵死通往闽北苏区的这条盐路，经浦城到闽北的食盐变得异常紧缺。

1934年12月中旬，红五十八团团长黄立贵、红五十五团营教导员洪家云、广浦独立营营教导员叶全兴，各率所属部队共800多人，会师于浦城毛洋，攻打住溪。我军兵分两路：一路从浦城坑、郑惠口、湾潭到住溪；另一路从夏青坑、白岩、碧龙、柳沙岭到住溪。沿途浦城几百名群众自愿参战。驻守国民党军，看到红军大部队，各自逃命，守炮台的敌人被打死或被俘。打下住溪，黄立贵没收了大土豪的金银，开仓把囤积的粮食分给贫苦农民。接着从住溪出发，经新蓬、峉头、山溪口，围攻八都盐务站。驻守八都盐务站的敌军一个排，依托碉堡顽固抵抗，黄立贵率部三面进攻，压住碉堡的射孔，参战群众点起火把，上千火把向敌人碉堡掷去，在碉堡前堆成火山，守军一个排被活活烧死在碉堡里。红军打下盐务站，把储存的食盐大部分分配给群众，其余运往闽北苏区。

第十九章

陈仁洪激战四渡桥
黄立贵勇保大安街

1934年10月，中央红军长征后，敌人加快了对闽北苏区进攻的速度，先后调集部队十万余人，从南北两个方向逼向闽北苏区，企图一举消灭闽北根据地。北面敌第二十一师从江西铅山方向压缩至紫溪，南面敌四十五旅和第十二师已进占四渡桥对面的茶亭村和黄石街，正沿四渡桥南北夹击。而这时，闽北红军主力红五十八团正在建松政向浦城、龙泉一带策应北上抗日先遣队。至年底，敌军大举向四渡桥进犯，面对严峻的形势，闽北分区委决定实行战略转移，退出大安，转入游击。

为掩护分区党政机关、工厂及医院的1000多名伤病员安全转移，1935年1月3日，闽北分区教导大队一中队由陈仁洪指导员率领，火速增援四渡桥。下午出发前，军分区军委主席李德胜要求全体指战员寸土必争，必须在四渡桥一线坚守七天后，才能撤出四渡桥。

四渡桥，一座位于崇安洋庄乡四渡村的乡间小桥。站在桥上放眼望去，碧空万里，青山如柱，一派宁静安详之景。只有那修建在四渡村口的四渡桥阻击战纪念碑，依旧提醒着人们，1934 年底，在这四渡桥附近的火鹰山上，发生过一场关系闽北苏区生死存亡的战斗。

四渡桥三面高山拔起，夹着沿河的一小块盆地，东侧高地的最南端有一个突出的小高地叫火鹰山，远看像一头蹲伏着的雄狮，插向这块盆地的中间。在这里，南面可看见黄石街通往崇安县城的大道，西北方向可以望见五渡桥进入大安的路口，地理位置非常重要，是县城通往大安的咽喉门户和天然屏障，大有"一夫当关，万夫莫开"之势。闽北苏区首府迁大安后，苏区人民提出了"保卫四渡桥，就是保卫红色国土"的口号，四渡桥一旦失守，闽北苏区的首府大安村就会落入敌人包围之中。

傍晚时分，增援战士赶到了四渡桥。几天来，驻守红军与敌人进行了反复争夺，伤亡很大，但敌人始终未能前进一步。陈仁洪接防后，迅速了解了战况，查看地形，最后决定依托火鹰山的险要地势进行阻击。然而，敌我兵力悬殊，想要牵制住敌军，必须想出奇策。思虑再三，陈仁洪率领精干的红军战士在夜色的掩护下来到火鹰山山脚下，在敌我阵地中间的马鞍形地带布设起了巧妙的地雷阵：阵地前的开阔地布下许多拉发和压发地雷，在树林和草丛中埋设了绊雷、连环雷，从雷区到我军阵地前沿的山路上挖陷阱，在里面插上削尖的竹签。

闽浙赣根据地是我军开展地雷战的发源地。地雷原是闽北农民用来防范深山野兽的武器。崇安上梅暴动后，为了避开反动派的报复，干部群众都退到山里去，为了阻止敌人进山"扫荡"，在进山口埋设地雷。方志敏发现后感到地雷威力大，便认真总结群众的经验，大力推广，在各级苏维埃成立地雷部，村普遍成立地雷组，自办地雷厂，开展地雷战。1932 年初步统计，一年内用地雷炸死敌人 3000 多人。1934 年 4 月 24 日，中央苏区派人参观后，发文向全国各根据地推广方志敏的地雷战经验。后在抗日战争中，解放区军民普遍使用地雷战战术，打击日本侵略者。

第二天拂晓，敌人以一个营的兵力，开始了试探性的进攻，几百个敌人在轻、重机枪的掩护下，号叫着一拥而上。战士们一枪不发，当敌人进入雷区时，便一齐拉响了十八颗地雷，在连声的巨响中，敌人被炸得七零八落。后面的敌人便一窝蜂涌进侧边的树林，结果又是一阵巨响，树林里草地上的绊雷、连环雷炸的敌人横尸遍地。

出其不意的地雷阵让敌军吃尽了苦头，每当敌军组织进攻时，红军战士就看准时机，一边猛烈射击，一边拉响地雷，敌军在慌乱中被炸得溃不成军，余下的敌人惊慌失措，接连掉入陷阱，被竹签刺得鲜血淋漓。

第三天，气势汹汹的敌人并没有接受头一天的教训，每次都用 200 多人的兵力往高地猛冲，结果人一到阵地，都被战士们埋的地雷、滚雷炸得血肉横飞。第四天，吃了亏的敌人妄图从阵地的侧后偷袭四渡桥，陈仁洪早已在此埋伏了一支队伍，在敌人半渡时，一阵阵排枪准确朝敌人射去，敌人丢下横七竖八的一片尸体，慌忙后撤。几场激战之后，我军固守的火鹰山上的堡垒，仍然像个巨人矗立在苏区的前哨。敌军连遭几次惨败之后，再也不敢轻举妄动，连续几天只是派出小股部队骚扰，重点清除火鹰山周边我军阵地。

第八天，1 月 10 日拂晓，敌第四十五旅张銮基部从南平运来三门野炮，霎时，整个火鹰山高地硝烟弥漫，炮弹如雨点般劈头盖脸轰来。火鹰山堡垒被敌人打开了一个缺口，碉堡顶也烧了起来，整个高地被掀了起来，陈仁洪带着战士钻到碉堡底下的隐蔽掩体里。这时，见我方碉堡被毁，敌军以 2 个营的兵力，兵分三路，从火鹰山西南面、东村坂、北面开始向我方阵地发动全面进攻。一敌军官高声嘶叫："老乡们，缴枪吧！30 块钱一支！"陈仁洪埋伏在掩体里手举驳壳枪，对准喊话的敌军官"砰"的一枪，当场击毙趾高气扬的敌军官。几十个敌人从工事西南方爬了上来，离工事只有 30 多米，四班长迅速甩出两颗手榴弹，大家一起投下滚雷，炸倒了大片的敌人，把这些敌人压了下去。

这一天，全体指战员居高临下，用冷枪射击、手榴弹和滚雷相结合，打退敌人数十次冲锋。在敌兵力不断增加、阵地工事逐渐被摧毁的情况下，顽强坚持到夜幕降临。万分危急的关头，突然，火鹰山东北方向响了起轻机枪的扫射声，原来，我红五十八团主力部队在黄立贵率领下已从浦城火速赶回。这时大家才想起已经在四渡桥坚守到第八天了，阻击任务已经完成。趁敌军被东北方向火力吸引，暂时停止了进攻，陈仁洪带领大家在硝烟的掩护下从西边陡崖上往下滑，悄悄与这英雄的阵地告别。

1 月 11 日拂晓，天刚蒙蒙亮，敌第四十五旅的炮火从南、北、东三个方面对着无人坚守的阵地猛烈轰击了近两个小时后，方提心吊胆地冲上火鹰山高地，但敌人不知道我军已撤离，从不同方向进攻的敌人，在山头相互误打了起来。

回到大安，黄立贵听了陈仁洪的战斗汇报后，高兴地说："你们在四渡桥高地上创造了一个了不起的奇迹！以一个中队的兵力，牵制了敌人的一个旅、一个保安团。以极小的代价，消灭了敌军 500 余人，圆满地完成了阻击任务。这不仅对整个闽北苏区的部队和群众是一个鼓舞，而且对窜犯苏区的敌人也是一次沉重的打击。"后来，四渡桥战斗奇迹，刊登在《红色闽北报》上。

1935 年 1 月 15 日，敌第四十五旅继续向大安推进，沿途遭到红五十八团等闽北红军和游击队的节节阻击。这时，与大部队失散，留在资溪、光泽、贵溪、邵武几县交界地区坚持斗争的原红七军团第十九师第五十三团第三营，在营长饶守坤（1955 年授中将）的率领下，辗转到闽北苏区大安南边的路口，在这里意外遇上了黄立贵。

据新中国成立后饶守坤中将回忆：

　　我紧傍着黄师长（此时应为团长，下同）走着，心情格外激动。在江西时，对驰骋闽赣威震敌胆的黄老虎大名早已如雷贯耳，但从未睹过他的风采。今日与他并行，不由得侧目仔细端详：浓黑的刀眉，略长而又轮廓分明的脸盘，炯炯有神的大眼睛又黑又亮，高高隆起的鼻梁，和那鼻翼两旁如刀刻一般的纹线，透出一股坚强的意志和毅力；足有一米八五的个头，腰间宽大的皮带斜插着手枪，枪把上的红缨一飘一飘的，更显得威风凛凛，英俊潇洒。

　　黄师长边走边向我介绍闽北的情况并邀请我一道去大安。这时，一个老乡和侦察员急匆匆地跑来报告："前面发现国民党军四十五旅约一个团的兵力正朝这里开来，还有 5 里路。"黄师长浓眉一皱，转身命令侦察员："你快去大安向分区委黄道书记报告，我们在这阻击敌人，保卫大安街！"

　　黄师长约我去看地形。只见一条大路紧贴着村庄的边缘，沿着脚下的山坡向前蜿蜒伸去，呈一个"S"形，前面 500 米处有一个凸起的山冈，冈上林木葱葱，既便于部队隐蔽，又便于进出，地形对我非常有利。

　　黄师长说："你带部队到前面的山冈处设伏，我在这山坡上，你那儿一打响。敌人会退到这里组织反扑。那时，我率部出击，咱们前后夹击敌人，你看怎么样?"

"坚决执行命令!"我立正答道。我带着部队迅速地占据了山冈，召集干部们告诫:"这一仗一定要打好，这是我们进闽北以来的第一仗。要旗开得胜，坚决保卫大安街，决不能让敌人从我们这里溜过去。"

过了不久，便望到了敌人行进的队伍。前面的敌人走得比较急，也特别戒备，是敌人的尖兵排，后面的敌人比较松懈，行动也比较缓慢。放过敌人的尖兵排后，我大喊一声:"打!"顿时，轻机枪、步枪一齐开火。敌人猝不及防，纷纷倒下了一片。后面的敌人不知所措，猜测着突如其来的枪声来自何处，当判明枪响方位后，果真不出黄师长所料，便纷纷挤向山坡处组织反扑。

我站在对面的山冈上，只听到黄师长高喝一声:"投手榴弹!"集束的手榴弹冰雹般地飞向敌群。在手榴弹的爆炸声中，只见黄师长手提一杆梭镖，一马当先，率部队从山坡上掩杀下来。瞬间，便将敌人的队伍拦腰砍断。敌人首尾不能相顾，毫无组织反抗的能力，队伍大乱。这时，我也率部队冲下山冈，杀向敌群。混战中，黄师长一柄梭镖上下翻飞，左挑右刺，杀得敌人血花飞溅。敌人吓得扔枪狂奔，边跑边喊:"不得了，碰上'黄老虎'，快跑呀!"敌人一阵大乱，纷纷后退。我军乘胜追击，大败敌军，歼敌一个营，击溃敌一个团。

如血的残阳，辉映着远处的群山分外的壮丽，苍茫的暮色，笼罩着近处的战场格外的肃穆。我环视整个战场，望着高处黄师长溅得血迹斑斑的背影，心里暗暗钦佩黄老虎果真名不虚传!

由于红五十八团等主力部队的奋力阻击，敌在十天内只前进了15公里。1935年1月25日，当敌到达小浆时，闽北党政军领导机关及直属部队、工厂、医院等单位1000多人，安全撤出大安。1月26日，敌军占领大安。

　　撤出大安，标志着闽北红军以退为进，向山区进军，从此转入全面游击战争。

第二十章

调整战略力挺黄道
退出大安陈一牺牲

就在四渡桥战斗的激烈时刻，为统一思想，确定下一步行动方针，闽北分区委书记黄道于 1935 年 1 月初在大安主持召开闽北分区委紧急会议。参加会议的还有李德胜、黄立贵、曾镜冰、曾昭铭、吴华友、王助等领导干部。会议根据中共中央在长征前关于原地坚持游击战争、等待中央红军主力总反攻的指示，结合闽北地区面临的形势和斗争实际，进行分析讨论。

对于如何坚持斗争，闽北分区委内部的思想斗争亦日趋尖锐，会议产生分歧意见。以闽北军分区司令员李德胜为代表的少数人，死抱着极左观点，坚持"不失苏区一寸土地" "拒敌于国门之外"，主张重新组织力量，以红色堡垒对白色堡垒，在洋庄、小浆、紫溪岭、车盘等地区，分兵把口，与敌决战，死守大安。分区委书记黄道主张要遵照中央关于闽北红军在原地坚持游击战争，等待或争取主力红军总反攻胜利到来的精神，实行战略退却。放弃大安，将主力撤到深山中去，依靠武夷山区，依靠人民群众，开展艰苦的游击战争，等待有利时机的到来，等待中央红军的胜利反攻。

在决定闽北红军命运的生死关头，黄立贵坚定站在黄道一边，从军事角度分析当时形势，愤慨地驳斥李德胜的"左"倾错误主张。他说，当前敌强我弱，要想处处设防，必然是防不胜防。那样，不仅根据地要丢光，连老本也要赔净，中央苏区主力红军失败的教训就是个明鉴。黄立贵还针对李德胜等的错误观点，以中央苏区第五次反"围剿"斗争的失败、赣东北创建根据地的经验及闽北前一段斗争实践为例，指出过去闽北苏区所以能够取得历次反"围剿"斗争的胜利，主要取决于中央苏区反"围剿"斗争的胜利。中央红军主力长征后，闽北的形势就发生了变化，闽北苏区失去了固守的条件，靠什么红色堡垒对白色堡垒，硬打硬拼，"不失寸土"是绝对不可能的。现在，我们已失去了西面中央苏区的屏障，北面赣东北红军亦已北上抗日，敌人集中力量向闽北猛扑，形势急转直下，闽北苏区以五千之众对十万强敌，是力不从心，因此，大安是守不住的。"留得青山在，不怕没柴烧"，与其与强敌争夺大安，白白消耗有生力量，不如主动撤出大安，实行战略退却，保存红军的有生力量，以游击战争与敌作长期周旋，图生存再求发展，等待时机，扭转战局。

黄立贵的发言激起了大家对"左"倾错误主张的不满，纷纷支持黄道，黄道的意见获得大部分与会同志的赞同。最后，会议决定，遵照中央关于"就地坚持"的指示，撤出大安，以武夷山为依托开展游击战争。

会议作出如下决定：

第一，闽北党政领导机关及直属单位随军分区分批撤出大安，在原苏区地盘内坚持游击战争；

第二，撤退已公开身份的干部，留下地下党员，建立秘密的党组织和交通联络网，继续领导斗争；

第三，加强四渡桥阵地的防守力量，阻击敌之正面进攻，同时通知各主力团在大安外围牵制国民党军，以保证领导机关的安全转移；

第四，各县、区可根据实际情况，改变领导方式，就地坚持游击战争。

会后，分区委立即在党政军干部和红军中进行深入的思想动员，做好撤退前的各种准备工作。

大安会议，是在强敌压境的关键时刻，作出了闽北由苏区斗争方式转变为游击区斗争方式、红军游击队由阵地战转变为游击战的正确的战略决策，从而为三年游击战争的胜利奠定了基础。

武夷山的 1 月，寒风料峭。1 月 25 日，临撤出大安那天，机关和警卫营的同志都集中在大安街对面的河滩上。在嗖嗖冷风和蒙蒙细雨中，黄道书记给部队讲了话。他表情严肃，从声音里听得出很激动。他说："同志们！从 1928 年党在闽北领导第一次农民暴动至今已有七个年头。这七年，我们闽北苏区和闽北红军，从无到有，从小到大，在战火中不断壮大，经受了各种各样的考验。现在国民党反动派叫嚣要在几个月之内把我们共产党人，把我们红军斩尽杀绝，把闽北苏区荡为平地。同志们！革命考验我们的时候到了！"黄道同志停了一下，接着又说："主力红军离开时，中央军委给闽北的指示是：坚持斗争，保存力量，等待主力回来。现在敌我力量对比悬殊，我们要执行中央军委保存力量的指示，不能跟敌人碉堡对碉堡死打硬拼，打消耗战，不能死守根据地不放，该丢的就要丢。如果这也想要，那也想要，到头来什么也保不住。我们虽然放弃大安，放弃这块红色根据地，但是我们决不放弃革命！决不放弃闽北！我们将依靠武夷山的千山万岭，依靠闽北苏区的千千万万人民，同敌人进行一场旷日持久的游击战争。"

黄道同志讲话以后，黄立贵交代了一下行军路线和注意事项，即匆匆与政委陈一先赶往五十八团在张头山阻击阵地。

此时，敌四十五旅在攻占四渡桥以后，从小浆和沙渠洋两个方向夹攻大安，企图将大安撤退的闽北苏区机关逼到分水关方向，以便与江西南下的敌人聚歼。为了粉碎敌人的阴谋，掩护和接应领导机关转移，几天来，红五十八团一直顶在小浆和长州一线，战斗中部队的伤亡很大，战斗打得相当残酷。

下午 3 点，经过激战的大安张山头笼罩在一片硝烟之中，树枝在燃烧，噼里啪啦地爆裂。敌人十几次猖狂进攻均被我击退，敌军横尸狼藉，我军也付出了极大的代价。黄立贵站在一棵大树下，目光冷峻地望着北面的大安，计算着部队撤离的时间。

突然，一声呼啸，一颗炮弹削去了大树的半拉树头。紧接着，炮声隆隆，弹片乱飞，敌人又发起了进攻。

战士们紧伏在前沿，黄立贵命令部队注意节省弹药，等敌人靠近了再打！敌人嗷嗷号叫着疯狂地往上冲，仅 50 米了。"打！"黄师长一声令下，机枪愤怒地吐出火舌，手榴弹一排排地飞向敌群。前面的敌人垮了下去，但在督战队的威逼下又反扑上来，敌人的预备队也冲了上来。

黄立贵猫腰跑到饶守坤的跟前，下令："敌人拼命了，预备队都上来了。你快带部队向敌人侧翼迂回打乱他们的阵脚！"

饶守坤迅速跃起率领部队乘着烟雾，借着树林的掩护，向敌人的侧翼迂回攻击。敌人的阵脚顿时大乱。

这时，黄立贵与陈一率部以泰山压顶之势扑下来与敌肉搏，激战中，一颗流弹击中政委陈一，陈一昏倒在血泊中，一群敌人端着刺刀围上来欲加害陈一。黄立贵见状，大喊一声："政委！"随即几步跃跳，手起刀落，劈倒了两个敌人，吓得余敌纷纷四散。黄立贵扶起陈一政委，斜背在肩上，指挥部队冲杀……战至黄昏，敌人溃败了。

天色渐渐昏暗了下来，深蓝色的暮霭、饱含着血腥味的硝烟笼罩着山野，只有西方的天际还漂浮着一条殷红的残霞，似雾非雾的暮霭在硝烟残阳中喧腾。暮色中，黄立贵亲自抬着陈一政委踏着硝烟从张山头下来，几个战士抢上来换他，他拒绝道："政委可能有话，我守着。"行进到一片小树林里，陈一政委强忍着剧痛，仰起头断断续续地说："老黄，我不行了……你要保重……带好这支部队。"说完，陈一政委牺牲了。黄立贵泪水夺眶而出，放下担架，拔出手枪，向着铅灰色的天空扣动了枪机，"砰砰砰！"枪声在沉寂的山谷里回荡，向牺牲者致哀。这悲壮的一幕，战士们心情久久不能平静。

黄立贵与陈一从红七军团二十师五十八团组编起就是老搭档，一起参加了中央苏区的第五次反"围剿"，然后又带领五十八团留在敌后掩护中央主力红军撤退，并一起将黄道、曾镜冰、曾昭铭率领的闽赣省委代表团由黎川护送回闽北。1934 年 8 月后，又一起开辟了建松政红色根据地，一起保卫闽北苏区。黄立贵扶着陈一政委的担架，流着泪，慢慢地为陈一同志盖上棉被，久久不舍得放手。

第二天，闽北分区委和军分区转移到坑口附近，为陈一同志举行追悼会。同志们用竹枝、松柏、兰草编织成一个个花环，安放在陈一同志墓前，寄托对烈士的哀思。

第二十一章

重建独立师黄立贵励志
分兵温林关李德胜投敌

　　1935 年 1 月底，撤出大安后，新的问题和困难接踵而来。机
关、医院、兵工厂、无线电队，坛坛罐罐，庞大臃肿，行动不能
统一，调度指挥困难。当闽北分区委领导机关转移至崇安长涧源、
坑口一带时，收到在长征途中的中共中央书记处的指示电报（这
是闽北三年游击战闽北分区委收到的唯一一份中央指示，此后不
久，闽北分区委电台损失，与中央彻底隔断），电报要求闽北苏区
改变组织方式和斗争方式，就地开展游击战争。对照指示，闽北
分区委肯定了撤出大安这一行动的正确性，决定改变现有的组织
方式和斗争方式，整顿机关队伍，压缩非战斗部队，在大安会议
的基础上，作了如下新的部署：

　　1. 在组织领导上，实行党政军三位一体的体制。即进一步精
简党政军领导机关，本着一切服从游击战争作战需要的原则，充
实战斗部队，撤销重叠机构。各县、区党政军领导机关也进行精
简。在闽北游击区各地，相继成立游击司令部或指挥部，由县、
区苏维埃政府主席、书记，分别任游击司令和政委，以利于游击

战争的开展。

2. 在军事上，重建闽北红军独立师。闽北分区委将闽北军分区所属各部：红五十八团，闽北独立一、二团，军分区警卫连，贵溪游击队，崇安独立营和北上抗日先遣队留在闽北的队伍合编为闽北独立师，进行整编，重建闽北红军独立师。要求闽北红军独立师在敌强我弱情况下，既能分散隐蔽，又能集中歼敌，机动灵活地开展游击战争。

1935年2月初，旧历年刚过，温暖的东南风从海峡方向吹来，和煦的阳光使闽北的山山岭岭在寒冬的尽头朦胧着春意。独立师的成立大会，在长涧源附近召开了。各路部队很早便来到长涧源附近集中，附近的群众也来祝贺。会场上红旗猎猎，队列整肃。大会主席台用几根毛竹竿搭成，主席台正上方挂一条横幅，上面写着"闽北军区独立师成立大会"几个大字。大会开始，黄道同志先代表分区党委讲话，他穿一身灰色列宁装，头戴八角帽。他讲了当时的形势，提到从电台得知，中央红军已经到了贵州遵义。他勉励大家，要坚信革命，坚持斗争。接着，军分区司令员李德胜宣布独立师的编制序列和各级指挥员名单。师长黄立贵，政治委员卢文卿，政治部主任曾镜冰，参谋长张燕珍。独立师总计4000多人，下辖4个团，每团由3个营编成。

成立大会举行了闽北独立师授旗仪式，黄立贵头戴缀有红五星的军帽，身着灰色列宁装，从黄道手中庄重地接过"闽北独立师"崭新的军旗，在寒风中抖开，再郑重地交给一个大个子战士。然后，他突然高举起一挺马克辛机枪跳到一个高台上，冲掌旗的大个子大声喊道："大个子，出列，给大家亮个相。"大个子战士高举战旗站到队伍前头。这时，黄师长把手一挥，向大家说："知道为什么叫他掌旗吗？就是他，昨晚一个人出去，在雾中缴来一挺机枪，旁边有敌人一个班在烤火，可就没看住机枪，被我们大个子顺手摸来了。同志们，我们现在处境很困难，生活也很艰苦，这没有什么了不起，我们要主动地打击敌人！敌人也没有什么了不起的，一个班都看不住一挺机枪，还有什么厉害的。大家要向大个子学习！我们现在重新建立起闽北独立师，竖起了我们的战旗，这是一只铁的拳头，要相信自己的力量，增强胜利信心。"

黄立贵的讲话引起战士们会心的笑声，从大安撤出的低迷气氛一扫而光，"向大个子学习！""主动打击敌人！"雷鸣般的口号在山谷中回荡，战士们重新鼓舞起高昂的士气。

闽北独立师重建后，黄立贵向分区委建议：要改变目前局势，必须有计划地分散活动。采取游击战术，主动打击敌人，与敌人作长期的斗争，若是固守山头拼消耗，只能坐以待毙，仅粮食就是无法解决的大问题。在黄道等同志的支持下，闽北独立师留第四团由吴先喜率领，在闽北根据地内坚持斗争；卢文卿政委率第二团到崇浦一带活动；黄立贵率师部带第一、第三团向江西铅山方向出击。

2月上旬，黄立贵率闽北红军独立师一、三团，在星村、黄村消灭敌四十五旅1个连，打退了敌人1个营的进攻，缴获各种枪支60多支，取得建师后首战告捷的战绩。紧接着，黄立贵再指挥一、三团，在岚谷磨石坑、棋盘坳等地战斗中歼灭敌人数百人，狠狠打击了敌人的气焰，部队顺利翻越过武夷山脉挺进铅山紫溪镇。

独立师各团分散后，分区领导机关和直属部队在黄道率领下，由崇安出温林关，沿着武夷山脉，进入铅山县境。此时，发生了李德胜叛变投敌事件。

军分区司令员李德胜，是王明路线的忠实执行者。当闽北红军撤出大安后，他在敌军围追堵截和由此所造成的各种困难环境下，一筹莫展，悲观失望，以至由动摇而叛变。2月底当分区委和机关部队翻越温林关行进至铅山县东坑时，李德胜借口侦察敌情，只身在篁村投靠了国民党军。

李德胜"侦察敌情"一去不回，富有斗争经验的分区委书记黄道预感到李德胜有叛变的可能，遂采取紧急措施，一方面写信给已先期到达铅山、贵溪一带的独立师师长黄立贵及分散各处的部队，嘱其提高警惕，凡军分区司令部命令，未有军分区政委黄道签名，一律无效，以防不测；另一方面立即行动，率分区领导机关和直属部队，冒着倾盆大雨，向反方向崇安县域星夜转移。但即便如此，也没有完全脱离险境。当部队转移至桐木关附近时，李德胜引国民党一个团追兵跟踪而至，将黄道及其所属部队分割包围，情况十分危急。此时，在三港（距桐木关约3公里）活动的吴先喜获知后，立即率独立师第四团前来救援。经过激烈战斗，在独立师四团奋不顾身、付出重大伤亡的掩护下，分区领导机关和直属部队才终于突出重围，到达三港村。而红军医院近200名伤病员被隔断无法突围，全部被李德胜放火烧死，部队的军需辎重和生活必需品全部丧失。闽北军分区所拥有的唯一一部电台，为免落敌手被战士们忍痛将其砸毁。闽北分区委和闽北红军从此失去了与党中央及兄弟部队的联系。而在当时，正是党中央贯彻遵义会议精神，纠正王明"左"倾错误的关键时刻。对这一重大事件，闽北党组织和红军一无所知，此后，独立自主地进行了艰苦卓绝的三年游击战争。

期间，李德胜还继续盗用军分区司令部的名义调动分散的红军部队和地方武装，致使一些来不及了解真相的红军部队和地方武装陷入敌人包围，遭受损失。

李德胜的叛变，在军中引起了不小的波动。加之这时中国工农红军北上抗日先遣队在怀玉山的失利和方志敏不幸被捕的消息传来，像一片乌云笼罩在闽北红军指战员心中。一些意志薄弱者，经不起国民党反动宣传和残酷战争的考验，或逃跑，或叛变，致使军心不稳，接着闽北独立师第二、第四团团长等也相继叛变、逃跑。

李德胜的叛变，不仅对闽北红军造成困难，还对刘英、粟裕率领的挺进师造成沉重打击。根据中央指示，北上抗日先遣队失败后突围的余部组成挺进师，拟重回闽北。但由于李德胜叛变投敌，致使挺进师的战略意图被敌获悉，在到达闽东寿宁县时，挺进师遭到敌人的伏击，被迫折回浙西南，致使三年游击战中挺进师未能与闽北红军形成有效的合力。

3月初，黄道在三港村对机关部队进行整顿。首先开除李德胜的党籍，撤销其军分区司令员的职务，任命吴先喜为军分区司令员；接着为肃清李德胜叛变造成的恶劣影响，开展了"反叛徒、提高革命信心、坚持革命斗争"的教育。黄道亲自写了一首《骂叛徒李德胜歌》，在部队中教唱，通过反叛徒斗争，重新加强部队的凝聚力。同时，将独立师原来四个团缩编为三个团，分区委机关转移到闽赣边五府岗大山中潜伏，与"围剿"之国民党军作殊死周旋。

第二十二章

迎新春伪装偷袭紫溪
闹元宵舞龙巧夺陈坊

地处赣闽结合部的铅山县紫溪镇，自古为中原入闽重镇，是鹅湖古道上水陆交通的中转站，由河口水运到紫溪的货物，通过"崇安担"肩挑至崇安，再从崇安水运到福建各地；同样，八闽地区各地的货物走水路汇聚崇安，通过"崇安担"肩挑至紫溪，然后装船运到河口。紫溪也是连接葛源和大安两个红色苏区首府的桥头堡，为便于两边"围剿"中转，国民党二十一师在紫溪设立了一个物资补给站，里面食盐、西药、棉布、粮食和军装等，应有尽有。

1935年2月14日，农历正月十一，正当新春时节，向闽赣边境出击的黄立贵果断决定首先攻打紫溪街，既补充军需物资，又能震慑敌人，极大地鼓舞闽赣两地的老苏区的斗志。

任务下达到由原上铅独立营改编的三团一营，该营人地两熟，紫溪街后山被敌占据的大碉堡就是上铅独立营原来修建的。

由温林关到紫溪，中间要经过下渠。此地北接石塘镇，南通分水关，西去不足20里便是紫溪街。这里的民团与国民党二十一师驻石塘、紫溪的部队形成了一个小小的三角联防，因而要取紫溪，必先控制下渠。

当时任三团一营教导员的陈仁洪，亲自指挥了紫溪战斗。新中国成立后，陈仁洪少将回忆这场战斗依然历历在目：

接到任务后，我与和惠营长商议智取下渠，以免惊动石塘、紫溪之敌。于是，把熟悉这一带情况的吴瑞生连长、小林排长从一、三连调来随侦察排行动，营部侦察排40多人全部化了装，装扮成挑纸、担柴或走亲拜年的，走在队伍的最前边，大部队跟随在后面。

队伍翻过温林关，远远就可看到夕阳下的下渠。侦察排的同志放慢了脚步，正待仔细察看，只见前面不远处有两个乡丁模样的人，倒挂着汉阳造步枪，像是喝过了酒，跟跟跄跄地向前赶路。吴瑞生使了个眼色，几个挑纸的战士迅速赶了上去。原来这是两个下乡催收钱粮的乡丁，我们给他们交代了政策之后，他们说，二十一师的大部队都住在紫溪和石塘，下渠只有一个乡公所和一个只有三十几个人的民团，守备松懈，只在村外放了几个复哨，老爷们正忙着准备闹元宵哩。侦察排战士要他们老老实实带路。到了下渠村口敌哨兵见来了一群人，便喝道："喂！干什么的？"林排长回答："上街的。"两名乡丁也急忙回答说："我们催钱粮回来了。"趁哨兵不备，林排长很快便把他们收拾掉了。接着，侦察排分头行动，一部分奔乡公所，一部分奔民团部，一个班奔村外，剪断通往紫溪、石塘的电话线，封锁下渠对外的各条路口。村里的敌人正在吆三喝四地吃喝，红军突然出现在眼前，一枪未响，一个个都乖乖作了俘虏。

从敌人口供中得知，国民党二十一师在紫溪驻了一个营的兵力，另在5公里外的盖竹村驻有一个营，互为犄角。敌人占领紫溪后，将红军修建的大碉堡进一步加固，在周围又筑了几个小碉堡，派驻了一个连的兵力把守，控制这个制高点。大碉堡下来走三四百米有一座青砖大院，是原来铅山县苏维埃政府办公的地方，现在敌营部带一个连驻扎在里面。与大堡互为依托，构成严密的设防。

　　晚饭后，我们把了解到的敌情向黄立贵师长汇报。黄立贵师长要求一定要在上半夜拿下紫溪，由我们三团一营主攻大碉堡，二、三营打紫溪街，一团打外围。黄师长要求争取用偷袭的办法解决，尽量避免强攻，如果偷袭顺利，点三堆火为号。

　　晚上8点左右，我们押着下渠的俘虏向紫溪街悄悄进发。我带着侦察排和二连的同志走在队伍的最前面。部队跨过车盘，进抵紫溪，悄悄地包围了敌营部的那栋青砖大院。淡淡的月光里，河水静静地流淌，紫溪街灰蒙蒙的一片，从大碉堡射击孔中透出来的昏黄灯光，像鬼火一样在闪动，镇子里静悄悄的。几名侦察员迅速摸上去，我带上侦察排和二连的同志，悄悄插到敌营部和大碉堡之间的山路上，直奔大碉堡。

　　碉堡里飘散出浓烈的烟酒味，正是大过年的时候，听说大安的红军被消灭，敌人毫无防备。里面的人，有的正在抽烟打牌，有的在行令喝酒，有的自拉自唱，有的则将头缩进棉袄，靠在墙角里打盹。我们一脚把门踢开，大喝一声"不许动！谁咋呼一声就打死谁！"侦察二班的几个战士随着喊声很快控制了架在碉堡射击孔上的轻机枪，同时飞速收缴了敌人挂在墙上的武器。这突如其来的行动，一下子把碉堡里的敌人吓傻了，刚才各种乌七八糟的声音戛然而止，几十人呆坐在地板上，像是一群泥胎。我们把他们统统赶上四楼，然后抽掉楼梯。在这同时，二连也很快夺取碉堡周围的阵地。为了不惊动敌人，除用钢刀外，没有开一枪。

解决了大碉堡及周围的敌人以后，我们在上山的路上架起了轻机枪，按原先约定的在碉堡外面燃起三堆大火。随着火光燃起，紫溪街大大小小十几个敌人的据点周围都响起密集的枪声和手榴弹爆炸声，一团和二、三营的同志都打响了。

紫溪街上的枪声一响，驻在山下的敌营长马上带着队伍往大堡碉逃窜。早已等在那里的惠营长他们，一齐开火，打得敌人哇哇乱叫，死伤过半。敌营长带着剩下的人，一边打一边往山上撤，一、三连的同志在后边兜着屁股猛追。敌营长见山上没有动静，便吆喝着往大碉堡方向赶来。我和二连的同志们看了，高兴得直搓手心。等到敌人爬到跟前，一声"打！"，步枪、机枪、手榴弹一齐开火，大碉堡前一下变成一片火海。几个战士一边打一边喊"快打呀！红军来了！"听到喊声，敌人以为误会了，继续往上冲，敌营长边跑边骂："他妈的！瞎眼了，我是你们的营长！"其他敌人也跟着骂："我们是营部的！"这时大家瞄准敌人喊叫的方向一阵猛烈射击，从此再也听不到他们的叫声了。

一营战斗一结束，紫溪周围的枪声也都很快停了下来，各村的碉堡都被红军点着了，像一个个大火炉在熊熊燃烧，火光照亮了整个紫溪盆地。三团组织赤卫队将国民党二十一师物资补给站里面食盐、西药、棉布、粮食和军装等物资全部运回师部。

紧接着，独立师三团直插盖竺村，歼灭盖竺之敌。盖竺共有守军第二十一师一个营，分别驻守在盖竺村村东北的大碉堡、黄沙坑和涂家村。三团团部决定，以团部和直属队攻打盖竺，一营攻打涂家村，二营攻打大碉堡，三营攻打黄沙坑。涂家村守军一个连分为两部：二个排驻村中，一个排在村西虾蚣山上碉堡内。陈仁洪率一营兵分两路，以突袭动作，山上山下同时进攻，涂家村守敌全部就歼。之后，一营奔赴盖竺，增援团部，以军事斗争与政治斗争相结合，将正凭借有利地形顽抗的盖竺守军劝降。与此同时，三营也攻下黄沙坑。盖竺战斗，三团再毙敌100余人，俘200余人，缴枪300余支。

在三团歼灭盖竺敌人的同时，独立师第一团乘胜扩大战果，在铅山县杨村歼敌第二十一师100余人后，黄立贵师长率独立师师部和第一团到达铅山县大镇陈坊。这一天正是元宵节，黄立贵见沿途群众正操练舞龙灯，了解到元宵节周边各村都会汇聚到陈坊镇舞龙灯时，黄立贵决定巧袭陈坊。

傍晚时分，一团埋伏在陈坊镇外。突击队借用周边村庄的龙灯，化装后敲锣打鼓，跟着各村的群众，舞着龙灯，大摇大摆穿过敌第十二师的碉堡封锁线，直接冲敌人的营房"慰问"。营房里的敌人纷纷跑出来看热闹，突击队突然从龙灯中抽出驳壳枪和手榴弹，将毫无防备的敌人打倒在地，随即，手榴弹纷纷向敌营房掷去，敌指挥部被炸毁，敌营房变成一片火海。中间开花，敌人顿时失去指挥，各处敌人一时陷入混乱中，埋伏在镇外的战士迅速冲进镇区，很快控制了镇区各处的敌人。这一战，全歼敌第十二师一个连100余人，缴枪100余支，我军无一人伤亡。

第二十三章

心细如发篁竹村识破奸计
胆大果敢耳口寨机智脱险

　　紫溪、盖竺、陈坊系列战斗，狠狠地打击了敌人，在闽赣边界形成极大的震动，有力地鼓舞了新组建的闽北独立师的斗志。乘着胜利的昂扬斗志，3月初，黄立贵挥师铅山县城，正在攻打铅山县时，突然哨兵报告，说是军分区来了交通员。

　　来人一身青布裤褂，扎一条蓝布白花汗巾，像是赶了不少路，额角上汗涔涔的，裤角和布褂的前襟被树枝挂了几道口子，一副疲惫不堪的样子。"交通员"自称是李德胜司令员派来，说着急忙从怀里掏出一封信交给黄立贵。这是李德胜的亲笔信，信中潦草地写着几行大字：

　　闽北独立师各部：
　　　　信至，即火速赶往篁竹村一带集结，另有任务。
　　　　至盼至嘱！

　　　　　　　　　　　　闽北军分区司令员：李德胜（盖章）

黄立贵反复看着这封信，觉得情况蹊跷。筼竹村靠敌人重兵把守的据点那么近，再往北就是临川平原，并不利于部队游击，怎么能到那集结？温林关分兵时，黄道政委曾与黄立贵商定，黄立贵率师部到武夷山北面活动三到五个月再回闽北，现在刚刚一个多月就要部队集结，到底发生了什么事情？黄立贵很熟悉李德胜的亲笔，再往下看，黄道同志的名字，却也是李德胜代签，更没有黄道的大红印章。黄立贵知道黄道政委一向作风严谨，不签名，起码也要盖章的。这么说，写信的时候，黄道同志并不在场啊！这些疑问萦绕在黄立贵心里。黄立贵突然警觉起来。来的"交通员"看着眼生，但有人证实以前在军区警卫营见过，黄立贵似有心无心地盘问着"交通员"，也没发现什么破绽。

但不管怎么说，面对李德胜司令员的亲笔信，一贯忠实执行命令的黄立贵与曾镜冰等其他同志商议，最后决定：司令员调部队，不能不去。但面对复杂情况，又不能贸然前去，务必提高警惕，做好战斗准备。

队伍从铅山撤围，随来人出发。第二天黄昏走到四毛坪，这里，一出沟口，再往北十五六里就是筼竹村。这是从桐木关方向延伸向西北紫溪、石塘的一条大山沟，沟谷两边海拔2000多米的武夷诸峰，重峦叠嶂，耸入云端。虽说是阳春三月春笋破土的季节，但是山谷里的晚风一吹，仍然使人浑身凉飕飕的。细心的黄立贵注意到沿路的村子里都没有人，许多房子只剩下烧得焦黑的断墙，随风飘出一股股焦味，显然这一带敌人刚来过不久。警觉的黄立贵命令部队停止前进，迅速转到周围的山上。

为了预防万一，黄立贵决定大部队先不进村，由侦察排分作两组，搜索前进，探明虚实，如有敌情，鸣枪报警。侦察排悄然无声沿坑口小路默默地行进。这一夜真静，坑口里除了阵风吹得树叶沙沙作响，连夜鸟也不叫。侦察排一进篁竹村，就觉得气氛不对，村子里空荡荡的，人影也看不见，空气中弥漫着焦臭的腐尸味道，情况有异！侦察排率先开枪示警后撤，敌人本想张网等大鱼，知道走了风，顿时村里枪声大作。

就在篁竹村方向枪声大作，黄立贵下令接应侦察排边打边撤时，敌人也沿着坑口追出篁竹村，在山下一边打枪一边喊："红军弟兄们！快缴枪吧！你们的司令员李德胜都投降了！你们老窝被端了！"听着敌人的喊话，大家心里都明白了，撤回来的侦察排立马赏给"交通员"一梭子子弹。

当夜，黄立贵率部队顺着山沟往桐木关方向找机关。一过东坑，路上到处都是丢弃的担架、背包，草丛中躺着一具具尸体，一些村头的大树上可以看到被敌人绑在树上烧死、砍死的红军战士，树杈上挂着被砍下的人头，吊着一具具被绞死的尸体。黄立贵一路上陆续找到一些伤员和失散的战友，从他们的口中，才听到有关李德胜叛变的一些情况。

几天后的傍晚，部队辗转到贵溪县耳口寨，行进在一条峡谷中。突然，前面枪声大作，部队纷纷退了回来。在前面开路的一团团长张燕珍向黄立贵报告，敌十二师一个营封锁了前面的峡谷山口。

这时后面也响起了急骤的枪声，负责断后的军分区政治部主任曾镜冰慌忙赶来报告，敌十二师两个团已堵住后退的峡谷口。前有阻敌，后有追兵，两边兀立笔陡的悬崖又无法攀登，部队在峡谷中，既摆不开，也找不到隐蔽的地方，一时人心惶惶，部队陷入了慌乱。

天渐渐地昏暗下来，淅淅沥沥的小雨下个不停，冷风刺骨。部队又累又饿，一团团长张燕珍垂头丧气，找到黄立贵师长绝望地说："这回可完了，冲也冲不出去，退也退不回去，怎么办？"面对忐忑不安的一团团长和惊慌的战士，黄立贵师长格外冷静地命令部队就地休息，烧火取暖做饭，除警戒哨外全部睡觉待命。看到师长如此镇定，战士们渐渐平静下来。黄立贵来回赶到前面和后面察看敌情，回来后与曾镜冰分析：前面的敌人仅一个营，后面的敌人是两个多团。我们处在绝壁的山谷里，后面的敌人2个团冲进来也施展不开兵力，对他们不利；前面的一个营兵力不足，担心堵不住我们，必然向后面的敌人求援。这样，在后面追堵的敌人一定会悄悄分兵绕道，赶到前面去堵截，我们应向后突围。曾镜冰主任认同他的分析判断。

拂晓，部队后队做前队，悄无声息调转方向开始向后突围。黄立贵师长亲自端一把轻机枪在前面开路。到达后面的峡谷口，果然，原来追堵在后面的敌人大多连夜绕道赶到前面堵截去了，只留下一小部敌军虚张声势。黄立贵大喊一声："挡路者死！"一通机枪扫射，意料之外的敌军纷纷避让，战士们兴奋地边打边冲，在黎明中安然脱险。冲出山口，天刚大亮，战士们高兴极了，纷纷赞叹黄立贵师长神机妙算。

但此时，黄立贵担心黄道和机关的安危，率队快速返回闽北。

111

第二十四章

八角排大获全胜
五里考杀出重围

在闽赣边连战连捷的黄立贵对敌人造成极大的震动，也吸引了大量的敌军。当获悉黄立贵重回闽北的消息，敌福建"剿总"急令驻崇安的敌四十五旅、驻邵武的七十六师、驻建阳的新编第十一师沿途阻截。

黄立贵率队回到崇安，敌张鸾基第四十五旅又尾随而至。经过几天休整，黄立贵决定在大安八角排伏击这股敌军，打击敌人的嚣张气焰。八角排三面环山，中间是一小块峡谷，一条山路贴着左侧峭壁向山里延伸。下半夜，黄立贵率领一、三团战士进入伏击阵地，一团在正面山头阻截，三团埋伏于右侧山头，左侧峭壁由师部率少数部队监视。拂晓，一支小分队主动沿山路向前诱敌，一会儿就与敌军接上火，小分队边打边往八角排"慌忙"撤退。上午7时，敌张鸾基部近2000人进入我军伏击圈。右侧山头独立师三团按兵不动放过敌人，当敌人进至我一团正面阻截阵地时，一架重机枪突然猛烈开火，猝不及防的敌军被打得慌忙后撤，这时，右侧山头上三团的三架轻机枪从侧后方向敌军猛烈射击。

被前后夹击的敌军慌着一团，贴着左侧峭壁负隅顽抗，峭壁上黄立贵率师部人员居高临下，手榴弹和滚石呼啸而下，敌军被困在狭谷中无法施展火力，处处被动挨打。从早晨7点，一直打到下午5点多钟，敌人动用了迫击炮、轻重机枪等，倚仗人多势众多次向我阵地发起进攻，但我军依托有利地形坚守不出，给敌人造成巨大杀伤。傍晚，国民党从崇安增调援军，并取道张山头，想从红军的背后来包围袭击。面对敌强我弱的形势，黄立贵见好就收，果断下达命令撤出战斗。当国民党的援军赶到时，黄立贵已经撤向了西际的横坑和磨石坑，敌人的援军扑了个空。

这整整一天的战斗，共打死打伤敌军200多人，敌四十五旅狼狈退驻崇安城关。这一战，我方仅牺牲一名战士，创造了以少胜多的战例。

八角排大捷后，黄立贵率领部队继续在闽北大山里寻找黄道和机关，日夜与敌人周旋，打打走走，1935年4月2日拂晓，辗转作战至建阳县黄坑五里考，突然与国民党新编第十一师周志群部两个团遭遇。

当周志群获悉被堵住的是黄立贵亲自率领的闽北独立师主力时，惊喜之余他也丝毫不敢怠慢。在闽北周志群多次与黄立贵交过手，深知"黄老虎"的厉害，为此，周志群亲率新编十一师师部增援，企图将黄立贵所部闽北独立师一网打尽。敌以优势兵力占领五里考四面山头，黄立贵率闽北独立师依托茶马古道的隘口集中使用兵力。这条茶马古道是连接福建到浙江的千年古道，清一色宽不过尺的青石板堆砌的小路沿山腰盘旋而上，路边的小溪成了天然屏障。虽然周志群不断增兵，但在这古道上敌军也施展不开，一时敌我双方形成僵持状态。敌人一次次向古道的隘口冲击，黄立贵集中火力一次次打退敌人的进攻，双方都有较大的伤亡。黄立贵知道，面对敌人的优势兵力，僵持下去将更加对我不利。在战斗的间隙，黄立贵沿溪流视察地形后，大胆做出决定。

傍晚，黄立贵命令部队在小溪的上游悄悄筑起一个水坝，将溪水拦截形成一个水塘，同时，派出小股部队做出想顺着溪流向下突围的尝试。果然，周志群上当，亲自率领一个营的敌军沿溪流下游驻扎，想要堵住缺口。入夜，周志群亲率一小队敌军沿小溪逆流而上，妄图偷袭古道隘口。当看到周志群上当时，黄立贵命令部队做好突围的准备。夜色中，周志群摸黑进入水塘下方，就在周志群离水塘不足百米时，黄立贵一声令下，将水坝扒开，一股洪流顺着山谷直灌而下，顿时，洪水滔滔，周志群一队人马瞬间被洪流冲散。黄立贵率队顺着洪水一路突击，落水的周志群慌不择路的逃命。失去指挥，乱了阵脚的敌新编十一师包围圈被打开缺口，黄立贵顺势突围而去。

部队刚翻过几座山梁，又与从邵武方向赶来的敌七十六师遭遇，黄立贵师长迅速指挥部队抢占有利地形，与敌激战数小时后，趁敌人后撤的间隙，猛然夺过机枪手手中的机枪，一马当先，大声喊道："黄老虎来了！要命的让开！"机枪喷着火舌，杀开了一条血路。敌人被机枪打得趴在地上不敢抬头，战士们紧随着黄师长甩出手榴弹，乘着烟雾旋风般地冲过敌人的封锁。

这两次遭遇战，独立师一、三团伤亡近半，但也毙伤敌新编第十一师、第七十六师300余众。黄立贵和突围出来的指战员们站在一座山顶上，他注视着连续行军、硬仗、已衣不蔽体，满脸污垢和疲惫幸存的三四百名指战员，想到部队这次重大的损失，觉得整个心肺都在燃烧。

战后黄立贵将一、三团两个团合并为闽北独立师一团。

在黄立贵八角排伏击战、杀出五里考的同时，闽北独立师二、四团在黄道书记和吴先喜司令员的率领下，在江西上饶的甘溪镇也取得甘溪大捷，消灭江西"剿二纵"几百人，打破了敌人的包围，并在姚家弄召开祝捷大会，造成巨大的影响。几个月来，闽北独立师连续的胜仗扭转了中央红军长征后闽赣边苏区被动局面，闽北红军在独立自主中也度过了第五次反"围剿"失败后的最困难时期。

第二十五章

避实击虚挺进邵顺建
如火如荼建政华家山

冲出五里考后，黄立贵分析敌情，敌主力第四十五旅、七十六师、新编十一师都集中在崇安老根据地一带，因此决定甩开敌人的包围，挺进到敌人相对薄弱而革命基础较好的邵顺建地区。

邵武、顺昌、建阳边区，包括邵武的拿口、朱坊、上山坊、下山坊、余家山、中村、下源；顺昌的仁寿、大干、桂溪、余塘；建阳的黄坑、饶坝、茶布、书坊、南门丁厝以及华家山等地。这些地方大多山高林密、人烟稀少，尤其是国民党军事力量比较薄弱。更主要的是，这一地区有的早在1932年就建立过党的组织和苏维埃政权，红军游击队一直在这一带出没，有一定的群众基础，便于开展游击活动，建立游击根据地。

1935年4月初，邵武县委和游击队根据闽北分区"挺进敌后，开辟新游击区"的指示，也作出"深入邵顺建边区开辟游击区"的决定。县委书记刘新友率领邵武独立营两个连的战士，从邵武二都的燕子窠、上坪出发，越过界首的封锁线，在建阳书坊、茶布连续击溃了大刀会武装后，继而向朱坊、华家山挺进。华家山地处邵（武）顺（昌）建（阳）3县交界的中心地带，大刀会、九仙会势力较大，邵武独立营进至华家山附近时，遭到大股当地民团和大刀会、九仙会的伏击，受到一些损失，难以组织强有力的反击，只好决定撤退，待时再进华家山。

邵武独立营撤退至建阳界首附近黎原村时，与闽北独立师师长黄立贵、军分区政治部主任曾镜冰率领的部队不期而遇。邵武独立营与黄立贵部相遇，全体干部、战士个个高兴得又跳又笑，因战斗失利所产生的沉闷气氛一扫而光。刘新友当即将邵武独立营挺进邵顺建地区的战斗情况向黄立贵师长作了详尽的汇报。根据情况，黄立贵即决定"独立师主力先行，压倒大刀会、九仙会的反动气焰，打通道路，然后视情对大刀会、九仙会予以争取，分别瓦解；邵武独立营利用此空隙返回二都大山作短暂的休整，然后轻装向书坊和华家山进发，配合独立师开辟邵顺建地区"。

黄立贵、曾镜冰在界首与邵武独立营分手后，率领独立师一团从二都绕道竹鸡笼大山向华家山地区进军，4月6日部队到达拿口镇。拿口镇是富屯溪上的一个大码头，从南平到邵武的航运中继点，人烟稠密，有国民党七十六师彭营驻守。该镇南邻富屯溪，东有朱坊溪，西面有竹鸡笼大山阻隔，只有北面一条小路联通朱坊、书坊，越华家山可达建阳。驻守拿口的七十六师彭营重点保卫富屯溪航运，将部队沿富屯溪夹岸布防，没有想到黄立贵率独立师一团突然出现在他身后。彭营长慌忙中一边调一个连赶往朱坊到拿口中间的山下村阻截，一边加固拿口北面工事，调驻富屯溪南面的2个连渡河回援。两军在山下村遭遇，负责阻截的敌军一个连，在黄立贵一团的冲击下，迅速崩溃，黄立贵乘胜一路追击到拿口镇外。敌彭营长依托镇北高地工事封锁路口，负隅顽抗。这时，敌南岸2个连先后渡河到达，火力大为增强，双方激战几个小时，黄立贵在消灭了部分敌人，打击了敌人的嚣张气焰后，主动撤围。接着，黄立贵率部挥师沿富屯溪东进，先后在顺昌的大干、埔上再歼灭敌七十六师2个连，巩固了邵顺建一带的有利形势。

此后部队一路所向披靡，先后击溃了邵武朱坊、铁罗巷的反动民团和大刀会，经书坊、茶布，于4月下旬到达华家山。部队进华家山地区后，黄立贵改变根据地时期的策略，实行武装攻打加政治瓦解，将打土豪改为筹款筹粮。为了教育争取会众，对大刀会、九仙会既往不咎，对会徒的家属一视同仁。红军的宽大政策，使这一带的大刀会、九仙会大为感动。大多数会众不再与红军为敌，反与红军结为盟友，有了情况还能给红军通风报信，为红军站岗放哨，有时还能配合红军作战。大刀会、九仙会的问题解决了，华家山一带的形势迅速好转。这时，回到二都大山休整的邵武独立营战士，得知黄立贵部队在华家山地区打开局面的消息，备受鼓舞，在刘新友的率领下，日夜兼程到达华家山，与黄立贵主力部队会合。

两支部队会合后，黄立贵师长认真分析了朱坊、书坊、华家山及三县交界一带的形势，指出："目前这里还不是国民党正规部队重点防守的区域，主要敌对武装是民团和大刀会，只要加强党的领导，深入发动群众，打击最顽固的封建势力，争取瓦解大刀会，配上一支有战斗力的武装，充分利用三县交界复杂的地理环境，采取机动灵活的战略战术，必定能够将这片地区开辟成敌后根据地，与老根据地成犄角之势，牵制国民党对苏区的'清剿'力量。"

根据黄立贵这一战略指导思想，决定成立邵顺建县委，统一领导这一地区的斗争。4月27日中共邵顺建县委在华家山成立，刘新友任县委书记，将邵武独立营在原有的 2 个连基础上扩编为邵顺建独立营，一年多后，这支部队于 1936 年 10 月并入闽北独立师，编为闽北独立师第六纵队。同时，在建阳的华家山、饶坪、贵溪、黄坑和邵武的朱坊、山下等地建立区委，各区都建立起赤卫队、游击队等革命武装，革命斗争如火如荼展开，邵顺建游击根据地自此正式形成。

5 月，黄立贵留下邵顺建独立营率领各地赤卫队、游击队坚持战斗，率闽北独立师一团进军建松政地区。3 个月后，在闽北分区委的统一部署下再次回到邵顺建。

第二十六章

再进政和洪坤元就义
快意复仇黄立贵 "错杀"

建松政位于闽东北仙霞岭山脉南麓，处于闽北、闽东、浙西南三角地带中心。境内重峦叠嶂，交通闭塞，但物产丰富，又远离国民党统治中心，是一块易扼守、宜出击的战略要地。1934年8月，黄立贵第一次进入建松政地区后，建松政革命形势有了很大的发展，10月黄立贵率队到浦城、龙泉配合北上抗日先遣队活动后，建松政地方领导人杨则仕组团赴大安学习，1935年3月，下山筹粮中，杨则仕不幸被捕，9月在建瓯就义。留守建松政的独立营营长池云亮叛变，建松政独立营在陈贵芳的带领下转入游击，建松政革命政权遭到极大破坏。

1935年5月，黄立贵率闽北独立师一团冲破敌设置的多道封锁线，从华家山出发，再次攻克政和东平镇，深入到建瓯、松溪、政和地区开辟根据地，帮助当地党组织恢复和发展武装。闽北分区委派经验丰富的老共产党员洪坤元随黄立贵到达建、松、政地区，着手重建政权。

黄立贵红军回来了的消息，犹如春风拂地，建松政大地又苏醒了，被反动势力压制的革命群众见了红军，就像孤儿见到亲娘一样，欢呼雀跃，欣喜异常。那些隐蔽地下斗争的同志们从四面八方向西表村聚拢而来。在听取陈贵芳等同志情况汇报后，黄立贵师长在西表村召开了党员干部大会，传达了黄道书记关于开展游击战争的方针、政策和任务的指示；同时宣布了把原建松政县委重新组建升格为中心县委，由洪坤元同志任中心县委书记的决定。会后，为打开这一地区的新局面，黄立贵继续率部在建松政一带进行了一段时间的游击战，诛杀了西表等地的反动分子，在水吉焦坑击溃1000余众大刀会的进攻，捕杀会首30多人，各地大刀会闻风丧胆。为了转移敌人的视线，黄立贵师长率一团向东南的屏南、古田边界转移，以求摸清闽东北走廊的情况，留下洪坤元等与陈贵芳的游击队扩大战果，着手重振建松政根据地的工作。

洪坤元是1926年入党的老革命，参加过方志敏的弋阳、横丰起义，1930年就是中共赣东北省委执委，历任弋阳县苏维埃主席、上饶县委书记、铅山县委书记、广（丰）浦（城）县委书记、闽北分区委拥苏反帝大同盟主任，是一位资深望重、经验丰富的苏区党的领导人。这次黄道书记调他来，足见对建松政根据地的重视。洪坤元带领陈贵芳游击队，改变斗争策略，不与敌正面硬拼，而是巧妙地与敌周旋于崇山峻岭之中，出其不意地偷袭还乡团，镇压反革命，安插"白皮红心"的人充当保甲长。在洪元坤的领导下，建松政工作进展得很快，5月重新成立了建松政苏维埃政府，由他兼任主席。各级党组织也逐步恢复起来，建立了政和、松溪、浦城、水吉、山头5个区委，党员发展到500多人，游击活动区域扩大到闽浙边10万人口的广大农村。

建松政根据地的恢复和不断壮大，既给人民群众带来希望，又给反动当局带来恐慌。闽北绥靖司令刘和鼎责令敌桂振远旅"兜剿"松溪、政和红军游击队，另派敌五十六师三三五团丁志贤部，前往"兜剿"。

洪坤元在广大群众的支持掩护下，有了"千里眼""顺风耳"，活动自如，如鱼得水，敌人只闻其名，不见其人，既害怕他，又抓不到他。敌桂振远旅、丁志贤团多次"围剿"，屡屡扑空，为此，桂振远、丁志贤在加强封锁的同时，利用重赏收买大刀会势力，悬赏1000块大洋收买盘踞在政瓯边界的大刀会头目，许诺见到洪坤元头颅后，再付给赏金1000块大洋。

1935年6月初，瓯南大刀会伙同水吉外屯反动民团1000多人向西表乡发动进攻。6月7日，大刀会头子将西表村保长马成理抓到外屯乡，逼他交出洪坤元。4天后，大刀会又四处出动，抓来西表乡的所有保甲长，扬言一周内不交出洪坤元，就将马成理等所有保甲长都斩首，而且要将西表各村庄烧毁踏平。重压之下，一个保甲长，从亲戚处打听到洪坤元隐蔽在朱地村一个瓦窑洞里养伤的消息，就向大刀会头子告密。17日上午，大刀会头子率武装会徒袭击了朱地村。大敌当前，本在养伤的洪坤元，身边仅有少数游击队员，他沉着冷静地指挥队员突围转移。在激战中为了掩护队员撤退，他身中数刀，倒地不起，被大刀会头子砍下头颅，向国民党当局领赏去了。这位坚强的共产主义战士、老资格的共产党人，用鲜血染红了政和这片热土。

正在屏南、古田边界活动的黄立贵师长，听说老战友洪坤元被大刀会捕杀，满腔怒火，火速率独立师一团赶到政和、水吉边境的外屯、焦坑一带复仇。外屯、焦坑大刀会头目这下慌了手脚，一边联络各村大刀会联防自保；一边慌忙向桂振远旅求援；同时派出代表交出全部赏金并献出告密保甲长人头向黄立贵求和。但黄立贵不为所动，战士们同仇敌忾，奋勇向前，趁桂振远旅赶到之前，一举击垮3000多大刀会徒，连续捣毁各地大刀会坛，并活捉80多个头目、骨干，押送回西表村公审。部队在转移途中，与来援的敌桂振远旅部遭遇，为免在战斗中发生意外，黄立贵师长传令后队把罪大恶极的大刀会头目杀掉。得到命令的战士们义愤填膺要为洪书记报仇，就故意传错命令，很快就把抓捕的80多大刀会头目、骨干全部杀掉。这么一杀，瓯南、水吉、政和一带的大刀会才真正地害怕起来，纷传"黄老虎吃人"，反动气焰不敢再嚣张。

　　洪坤元牺牲的噩耗传到闽北分区委时，黄道书记深感悲痛，觉得自己低估了建松政地区的社会复杂性，立即任命红军老干部翁立义接任建松政中心县委书记。黄龙岩会议之后又成立闽东北特委和军分区，调闽北军区政治部副主任王助任特委书记，调闽北独立师二团团长饶守坤任闽东北军分区司令员，王助兼政委，左丰美任政治部主任，率领独立师二团和三团（由广浦独立营改编重建），共计1200多兵力，疾进建松政地区。

第二十七章

促膝夜谈黄立贵建言
打破教条黄龙岩决策

1935年7月，蒋介石任命卫立煌为闽、赣、浙、皖四省边区"清剿总指挥"。卫立煌将指挥部从南平移至浦城，命令敌第五十六师驻松溪、三师驻浦城、二十一师驻铅山河口、七十六师驻光泽、新编十一师驻建阳黄坑、独立四十五旅驻崇安。敌人在闽北布置了一个大包围圈，采取"移民并村"和反复"清剿"相结合，企图一举消灭闽北红军，根据地群众遭到严重的摧残，更使闽北红军陷入难以想象的困境。敌人的封锁极大地限制了红军的行动，"移民并村"更是狠毒，许多村庄变成无人区，土地荒芜，被迫搬出去的群众失去人身自由，生活艰难，还常被敌人强行拉去做苦役、修碉堡，隔绝了红军游击队与群众的联系。敌人的反复"清剿"使红军游击队随时处于战备状态，也随时面临着死亡的威胁，给养的困难尤为突出。闽北党和红军又处于生死存亡的危急关头。面对危机，黄道决定召集在各地的领导回分区商议对策。

接到通知后，黄立贵立即从建松政赶回崇安岚谷，与黄道久别重逢，一时百感交集。正是立秋时分，武夷山大山里的夜风已略带清寒，一弯新月斜挂在黄龙岩的顶上，满天繁星下四野秋虫在低声吟唱。闽北分区的两位党、军领导人漫步在山间小道上。

黄立贵向黄道汇报了半年多来的战斗情况，黄道高度肯定了黄立贵在闽赣边的系列胜利和挺进邵顺建及建松政的有力尝试。接着黄立贵结合中央红军第五次反"围剿"的失利和几个月来在邵顺建及建松政打开局面的往事，向黄道建议：虽然现在我们与中央失去了联系，但原来中央制定的坚持苏区斗争的方针已不符合当前闽北的局势，如果继续按原中央指示，坚持苏区内线斗争，只会重蹈中央红军第五次反"围剿"失败的覆辙。黄立贵提议要坚决摒弃王明、博古、李德的那一套做法，部队要积极地打出外线，到敌人后方去，实行战略退却和战略进攻相结合、外线作战与内线作战相结合的方针，变被动防御为向敌人薄弱地区主动进攻，调动敌人，在运动中歼敌。同时，避免打硬仗，打消耗战，保存红军的有生力量，开辟新的游击根据地。黄立贵详细介绍了在邵顺建开辟根据地的做法，建议在政治上尽量团结一切可以团结的力量，分化瓦解敌人，改打土豪为筹款筹粮，扩大红军的生存空间。

在当时并不知道中央遵义会议精神的情况下，黄立贵的建议可谓一声惊雷，如果是一年前可以追究"反革命"罪，有被当成反革命镇压的危险。但大半年来的艰苦斗争让黄道从心里明白，黄立贵的建议是正确的，为此他对黄立贵回忆起早在红军第三次反"围剿"胜利之时（1931年9月前后），毛泽东同志就指出：在未来的形势下，红军不应再固守原来诱敌深入、内线作战的一贯战略，而应变内线作战为外线作战，主动出击，打到敌人后方去，从根本上破坏国民党的战略部署。虽然这时黄道和黄立贵并

125

不知道毛泽东同志重新回到红军的领导岗位，但回忆毛泽东同志曾经的正确战略，还是对毛泽东同志的远见卓识深深敬佩。这一刻，两位领导遥望着满天的繁星，思路渐渐融入到一起。一夜的促膝长谈，一个明确的方案逐渐形成，黄道决定第二天召开分区委扩大会议，商讨调整政策、策略问题。

会议是在崇安岚谷黄龙岩一家土豪的厅堂里召开的。参加会议的有黄道、黄立贵、吴先喜、曾镜冰、卢文卿、饶守坤、王助、叶全兴、彭喜财等闽北党政军的主要领导人。会议总结了游击战争开展以来的经验教训，根据甘溪战斗和黄立贵师长率部开辟邵顺建及建松政的实际情况，制定了新的作战策略：在政治上允许国统区群众实行"白皮红心"的两面政策，并实行争取伪保甲长、大刀会的统一战线政策；在经济斗争中，放弃分田废债，改为减租减息，将打土豪没收一切财产改为筹款；尽快与闽东红军取得联系，形成合力；在军事上改变单纯防御和内线作战的方针，向敌后挺进，打出外线。

8月15日，黄道在崇安县的黄龙岩主持召开了扩大会议。会议围绕图存发展的中心议题，听取了黄立贵的汇报，总结近一年游击战争的经验，确定了游击战争的新方针，制定了新的斗争策略。黄立贵汇报的要点是：邵顺建及建松政地区敌人的正规部队不多，主要是地主民团和大刀会组织，且大都集中在较大的集镇，没有碉堡林立的封锁线，部队活动回旋的余地较大。那里的地主基本没有被触动过，圈里有猪，仓里有粮，手里有钱，市场也比较活跃，物质供应较易解决。困难是群众基础较差，封建势力较强，大刀会普遍存在。但通过前一阵工作，群众对红军已有所了解，有些地方已建立政权。大刀会也不是全部反动，其中有被土豪劣绅控制的反动武装，也有保卫家乡的地方势力，还有被逼上梁山的绿林好汉，除了被国民党土豪劣绅控制住的反动势力，其他的也与国民党军队时有摩擦，关键就在我们会不会做工作。

黄立贵结合战斗经历生动的汇报，赢得了与会同志热烈的掌声，打破了部分同志的顾虑。接着，黄道在会上做了长篇发言，形象地解释这一方针的转变："敌人不让我们安安稳稳地待着，好，我们就亮出剑来，跟敌人换换防，你搞我的家，我也搞到你的家去！"黄道风趣的比喻引得大家哈哈大笑，黄道的想法得到与会领导的一致赞同。

黄龙岩会议使闽北游击战争由被动转为主动，成为闽北游击战争的新起点。

黄龙岩会议统一了思想后，黄立贵重点与黄道等领导讨论部队向敌后挺进的方向。大家围拢在地图前，在对比闽赣边、赣东北、浙西南、资光贵、邵顺建几个方向后，黄立贵提出部队抽出主力重点向东南，越天堂山地区，插到闽东南的建瓯、松溪、政和地区去。接着，他摆出了理由：那里崇山峻岭，地势险恶，利于部队活动，便于和敌人周旋。而敌人只有一个师的兵力，相对比较薄弱，这是其一；那里处于闽北、闽东、浙南三个游击区之间，可以互为犄角，相互支援，对斗争有利，利我发展，这是其二；第三，那里很早就建立过党的组织，并举行过武装暴动，虽然失败了，但给当地群众产生了深刻影响。去年和今年，他曾两次去那里活动过，局面可以打开。当然那里基本上是新区，要站稳脚跟，求得发展，须经过艰苦的斗争才行。

大家听着黄师长的分析，不由得茅塞顿开，进一步讨论兵力部署。最后由黄立贵决定：饶守坤和王助率二、三团主力去闽东北建松政一带；黄立贵、曾镜冰带一团及挺进师留在闽北的余部去邵顺建地区活动；吴先喜率部分部队去资光贵地区与光泽独立营会合；黄道、曾昭铭等同志率领机关和部分兵力在老区坚持斗争，从而形成四块根据地，互为犄角。（为了便于对各游击区实施指挥，1935 年冬，闽北独立师各团都改编为纵队建制。饶守坤所部为一纵队，黄立贵所部为二纵队，吴先喜部为四纵队，暂缺三纵队。）

建松政为重点发展方向，会后，细心的黄立贵师长找到饶守坤特意勉励："你的担子是最重的，新区比较艰苦，你要有充分的准备，既要做好部队的工作，又要做好那里的群众工作，方方面面都要考虑周全才是。"饶守坤向黄立贵师长表示了决心。

会后，闽北独立师各团迅速按既定方针向敌后挺进。

黄龙岩会议是闽北游击战争进入关键时期的一次重要会议，它表明闽北党组织在黄道、黄立贵、吴先喜等人的领导下，在革命经受挫折后，终于认识到长期在党内占统治地位的"左"倾冒险主义的危害性，并能在与党中央中断联系的情况下，实事求是地依据实际情况，果断地转变政策、策略，有效地保存、壮大了闽北党和红军的有生力量。正如陈毅 1939 年在《纪念黄道同志》一文中写的："在与我党中央隔绝的情况下，在进攻者长年的'包剿'下，黄道同志能独立支撑，顽强坚持，终于完成了保持革命阵地、保持革命武装、保持革命组织的光荣任务，所以尔后能够以一支强有力的部队编入新四军来适应抗战之爆发，这是黄道同志对革命对民族的绝大贡献。"陈毅同志对黄道的褒扬可以说也是对黄立贵同志的褒扬，特别是在保存和壮大闽北红军队伍上，黄立贵同志居功至伟。

第二十八章

麻沙镇破解九仙会
邵顺建再建苏维埃

　　黄龙岩会议后，部队立即行动，兵分三路，黄立贵率一团及挺进师在闽北的余部1000多人也于8月下旬从岚谷出发。为迷惑敌人，不暴露战略意图，部队西出温林关，绕道江西的铅山、贵溪，摆出突入江西的态势。果然，敌人上当，敌驻福建各部纷纷向江西一带集结。黄立贵率部队突然掉头南下，甩掉追击的国民党军，直奔邵顺建地区，在邵武龙斗一举击溃敌防守的一个连，歼敌新编十一师一个连，打开了通往邵顺建的通道，接着转向邵武与建阳交接部，奇袭杜潭，转战麻沙。

　　邵顺建地区，位于国民党军新编第十一师和第七十六师交界处，属两不管地区，敌之防守力量较薄弱。各村镇除有限的民团外，大部是受保安团和土豪劣绅控制的九仙会、大刀会。这两个会道门，在闽北白区很猖獗，几乎村村都有这些带着浓厚封建迷信色彩的武装组织。当初，他们曾经跟官府、土豪劣绅作对，但很快又被他们所利用、操纵，成为袭击游击区的反动武装。这些九仙会、大刀会会首以吃斋念佛为幌子，纠集地痞、无赖、召集、控制无知农民，大都生性残暴，心黑手辣，是些杀人不眨眼的恶棍。红军游击队曾屡遭九仙会、大刀会的伏击。他们抓到红军战士，剜眼剖心断首去肢，其手段凶狠残暴令人发指。

这里已有中共邵顺建县委领导下的邵顺建独立营，在建阳的麻沙、界首、茶布等地活动。黄立贵师长决定，先与中共邵顺建县委及邵顺建独立营会合，然后在他们的配合下，充分利用三省交界的复杂地理环境，坚决打击顽固的封建势力，争取群众，瓦解大刀会、九仙会，开辟游击新区。

部队穿过建（阳）邵（武）公路南下，在华家山与邵顺建县委和邵顺建独立营胜利会合。当地的九仙会、大刀会在反动保安团的唆使下，纠合数千之众，在莒口、麻沙、江坊、界首、书坊、晒口等地分兵把口，层层布防，堵住了红军南下顺昌，北进邵武、光泽的道路。针对这种情况，黄立贵决计先行压倒当地大刀会、九仙会的嚣张气焰，改善这一地区的局面，然后视情予以争取，开辟这一地区。

黄立贵了解到大刀会的武器大多是梭镖长矛，战术是集团冲锋进攻，面对受蒙蔽的群众，黄立贵不忍用重火力予以歼灭，便决计用竹叉对付大刀会梭镖，枪弹只针对国民党保安团和顽固的会首。木工出身的他让战士们将砍来的毛竹削尖成竹叉，经暴晒再放在火上烧热后浸在辣椒水或盐水、尿水里，浸完后再烧，再浸，之后又放在露水里打一打。这样的竹叉既坚硬又有韧性，可以拧下梭镖长矛的枪头。战士们风趣地说："这是我们的新式武器。"

9月上旬的一天，部队到达建阳麻沙镇，黄立贵将队伍拉到麻沙北面的山上，故意让九仙会的人看到，引他们出洞。果然，不一会儿便听到山下村子里牛角、海螺齐鸣，会徒们手持梭镖，身穿黄色八卦衣，头上挂满纸符，狂呼乱叫地钻进佛堂。原来，他们打仗之前都要由会首率领，先吃符录，喝鸡血朱砂酒，然后默念符咒，等到酒、药并发，再上阵打仗。不久，只见500多名九仙会、大刀会徒一个个面红耳赤，排成一队队方队，疯疯癫癫地朝上冲来，上百个民团武装紧贴在会徒们的身后，持枪压阵，肆无忌惮地向红军游击队开枪射击。身穿奇奇怪怪的法衣的九仙会、大刀会会徒，手持着梭镖、大刀，口里不停地喊着："刀枪不入，杀！"一窝蜂地拥上山来。其阵势真令人有点不寒而栗。

黄师长冷静地望着这群乌合之众，命令集中火力压住会徒的嚣张气焰。顿时，枪声如疾风骤雨打在会众前方的黄土地里，溅起一层黄色的尘雾。大刀会会徒见子弹没有上身，还真以为"刀枪不入"，仍然"呀呀"地拼命往上冲。黄立贵瞄准冲在前头的一个头箍红布的会首，驳壳枪一扬，子弹从会首的前额透顶穿出，会首仰面后倒，呼喊着"刀枪不入"的嘴巴兀自半张着，鲜血激射而出。"打！"一声令下，一排密集的火力向在后面压阵的保安团射去，机枪手一个短点射，站在会众后方督战的几个保安团和会首纷纷中弹。会徒们这下如炸了窝的黄蜂，往后退的、往前涌的挤成一团。这时，黄师长命令部队冲锋，战士们操起竹叉，如猛虎扑向敌群，对准梭镖一叉，二绞，三拉，梭镖枪头便掉了下来。战士们手中的竹叉上下飞舞，上叉眼睛，下挑肚皮，杀得会徒们哇哇乱叫，四散逃命。保安团看见前面的会徒乱了阵脚，一边用枪胁迫他们继续向前冲，自己却一边寻路逃命。但哪知道，他们的后路早让红军事先派出的几十人的小分队给封死了。这时，部队一起前后夹击，保安团纷纷被击毙，九仙会、大刀会会徒酒也吓醒了，再也不信"刀枪不入"的鬼话，跑得慢的纷纷跪在地上求饶。

这一仗，打破了大刀会徒"刀枪不入"的神话，使周围地区的大刀会徒闻风丧胆，再也不敢与红军作对。黄立贵师长率部进驻麻沙镇后，及时做好善后工作，一面派人保护佛堂，宣传红军游击队保护宗教信仰的政策；一面又指出，只要大刀会、九仙会不与红军游击队作对，红军游击队也绝不将大刀会、九仙会视为敌人。在我军宽大政策的感召下，这一带大刀会、九仙会会徒的敌对情绪终于消除了。

在解决了麻沙一带反动会道门的威胁后，黄立贵率闽北独立师二纵队（1935年10月改称黄立贵率领的一团为二纵队）及邵顺建独立营沿富屯溪向三县结合部的华家山一带进军，不断扩大游击根据地。这里原属邵顺建县委和邵顺建独立营活动区域，有一定的群众基础。邵顺建县委，原是4月间黄立贵师长率部在这里活动时领导建立的，并将当时的邵武独立营扩建为邵顺建独立营。

9月，黄立贵率红军200多人到顺昌大干，袭击驻大干的国民党七十五师的两个连，击毙敌副连长一人，并缴获步枪11支；9月中旬，埔上大布岭下游击队，配合黄立贵率领的独立师主力部队，在大布攻打国民党七十五师800余人，此仗，缴获敌机枪2挺、驳壳枪2支，击毙敌军20人，敌七十五师退守顺昌。10月，黄立贵率二纵队进军邵武的洪墩、桥头、水口寨、上源、下源、中村等；邵顺建独立营活动于书坊、茶布一带，策反朱坊，打下山下，兵锋直逼闽北重镇拿口。邵顺建三县结合部连成一片，建立苏维埃政权的条件成熟。10中旬，黄立贵主持在邵武的下山坊村成立邵（武）顺（昌）建（阳）县苏维埃政府，余德发任主席。同时建立了中共邵顺建县委领导下的饶坝、贵溪、东游、华家山几个区委；成立了南门丁厝、西门丁厝、花园岭、贵溪、岭板桥、蔡墩、华家山、东保、上方等地的党组织、游击队和赤卫队。

邵顺建再建苏维埃时，黄立贵采取了更为灵活的政策，打击与瓦解、策反并行，战斗与建设并重。如策反朱坊团首卢天顺、伪联保主任付为炳反水；争取水口寨伪联保主任陈华贤，下山坊伪联保主任付仁辉、杨胜彪及大刀会头目陈石生等为红军服务，做到"白皮红心"等，有力地孤立分化瓦解敌人的反动势力，迅速使红军在这一地区站住脚，并建立政权，扩大根据地。在经济建设上，黄立贵设立医院，建立军工厂、被服厂，还在王溪口设立商贸互市和税收检查站，与白区互通有无，为红军提供大量生活用品和食物。

经过几个月的艰苦斗争，邵顺建游击根据地成为闽北游击战争中最重要的三块游击根据地之一，游击根据地的形势"仿佛又回到了苏区根据地的生活"，呈现一派欣欣向荣的景象。至1936年，分别成立独立师第五纵队、第六纵队。第五、第六纵队各抽出一部，由曾昭铭、马长炎、柴金林等率领，又开辟了将（乐）建（宁）泰（宁）游击区，成立中共邵将泰和建泰县委。至1936年底，邵顺建、将建泰游击区连成一片，闽中游击根据地形成。

1935年底，在邵顺建地区大好形势下，黄立贵留下陈仁洪率领闽北独立师二纵队的一、三支队及邵顺建独立营巩固并扩大邵顺建苏区，自己亲率二纵队一部和由挺进师留在闽北的余部扩编组建的三纵队进军闽东，执行1934年底中央军委周恩来在长征途中拍来关于"闽北（红军）队伍，要注意和闽东叶飞同志的游击队伍取得联系……"的电报指示，大张旗鼓寻找闽东红军独立师负责人叶飞，伺机与叶飞的闽东红军会师。

133

第二十九章

饶守坤单刀赴会
黄立贵歃血会盟

　　黄龙岩会议后，饶守坤、王助率领闽北独立师第二、第三团从崇安岚谷出发，向闽东北进军，执行开辟闽东北游击根据地的任务，并为联络闽东红军创造条件。东进途中，遭到敌第三师、新编十一师和反动地方民团的围追堵截。部队尽量避免与敌接触，翻山穿林，走隐蔽小路。并采取忽东忽西，欲南却北之战术，终于摆脱尾追之敌，于 1935 年 10 月进至闽东北，到达建（瓯）松（溪）政（和）边境的川石村。建松政边区，原是闽北苏区一部分，有一支十几人的队伍在这里坚持斗争。1935 年 5 月间，黄立贵曾率独立师第一、第三团主力在这一带活动，建立了中共建松政中心县委，任命洪坤元为书记，发展了地方武装，游击区扩大到千仙岗、西洋河对岸等地，有一些群众基础，但这里与邵顺建地区一样，封建势力严重，刀匪势力强大。

　　饶守坤到闽东北后了解到，在众多股刀会中，势力最大的便是政和县的林熙明。此人原是一个贫苦柴夫，在旧军队当过兵，参加过青洪帮，略通文字，专用算命卜卦、降妖作法招摇撞骗，有时还玩弄一些小把戏骗人。如他在睡觉时，把包有红绸的手电筒（当时在农村手电筒是稀罕物）悄悄放在红色薄被下拧亮，周身放射红光，造成神光罩体的假象，或睡时把舌头伸得老长，故意让会徒们看见，说他是蛇龙现身，或是浑身衣服写满玉皇大帝、弥勒菩萨甚至天蓬元帅等等神怪名字，说是有各路大仙保佑，乃真龙天子降世。这些骗术使他名声大噪，从者万人，所率刀匪名之曰"顺天救民军"，打着"保境安民"的旗号，既打红军，也与国民党军作对，强霸一方，成为独立师开辟新区的最大障碍。

考虑到大刀会自恃实力强大，不会轻易就范，必须适度地给以必要的军事压力，饶守坤决定采取打击与争取相结合的办法解决这一障碍，按照黄龙岩会议精神，以打击促团结，并使其成为可以联盟的力量。

1935年10月中旬，部队辗转进入建瓯、屏南、古田三县交界的畐地村。在畐地村林熙明大刀会徒有500余众，领头的正是林熙明的娘舅陆堂主。饶守坤刚到畐地村，陆堂主率大刀会就向独立师第二团发起进攻。饶守坤抓住这次机会，交代部队"要活的"。第二天独立师二团在畐地村北面山上设伏，四面合击，在优势火力压制下，一个冲锋，活抓大刀会徒100余人，林熙明的娘舅陆堂主也成了俘虏。

政和县南路的星溪乡宝岱村，坐落在风光秀丽的大风山麓的山岙之中。山顶五峰并立，高耸入云，每当雨霁初晴，云气上腾时，五峰时隐时现，恰似高矮不同的五位老神仙聚会在云头，故被取名为"五老峰"。大刀会总坛主林熙明看中了这块风水宝地，用他搜刮来的民脂民膏，在五老峰下盖了一座貌似庙堂，不伦不类的金銮宝殿，殿门上悬挂一幅"总坛圣地"横匾。平日里他在这里过着养尊处优的生活，可是这一天，他却焦躁不安地在殿堂中大发脾气，一会儿骂土匪汤德崇不是个东西，一会儿又骂红军占夺他的地盘，那些垂手而立的机将、红官们，更是被他骂得狗血淋头，鸦雀无声。

原来，林熙明当上大刀会总坛主后，就向盘踞在闽浙边界的大土匪汤德崇高价买了200多支枪，用来武装他的"顺天救民军"。林熙明只付给汤德崇100块大洋的定金，后来觉得自己的力量已超过汤德崇，所欠的300多块大洋就想赖账不还，把钱都用来盖他的金銮殿。因此，土匪汤德崇怀恨在心，便勾结镇前保安队，血洗了林熙明东路大奶会堂部，劫走分堂的所有钱物，分堂主陈某急如丧家之犬，跑来告急，说若不送还300块大洋，汤德崇就会同保安队扫平大风山总坛。林熙明心知肚明，汤德崇这帮土匪向来心狠手辣，但如若乖乖地把钱还给土匪，他又于心不甘。偏偏祸不单行，又接急报，红军不仅将冨地分堂几十个村的大刀会打垮，而且还抓走了陆堂主和100多弟兄。林熙明闻报，如雷轰顶，那冨地分堂可是他属下地广人多、财大气粗的分堂，而那陆堂主还是他的亲娘舅。这个分堂屡次与红军游击队为敌，红军岂能饶恕他？

就在林熙明腹背受敌，进退维谷之际，红军让3个被俘的大刀会小头目送来饶司令员的亲笔劝和信。信中说，红军善待大刀会俘虏，受伤的给予治疗，认罪的都可释放。只要总坛主愿意讲和，结成盟友，陆堂主及所有俘虏都会立即放回。如果不明大义，拒绝讲和，继续与红军为敌，那就不能保证他们的性命，不仅红军饶不过大刀会，就是会徒们的家属也不会答应的。这封信对林熙明触动很大，善于投机应变的他自然知道权衡利弊，他得先稳住红军这一头，再想法对付土匪那一头。不过，他知道大刀会屠杀了许多共产党人，罪恶深重，去谈判说不定是自投罗网，说什么也不敢到红军驻地去谈判，只好写封请柬，要求红军来一位首长到他的大刀会总坛谈判。

饶守坤与王助仔细研究了林熙明的邀请信，认为林熙明目前处境艰难，与红军讲和的可能性还是存在的。从开辟闽东北通道这个战略大局着想，纵然是龙潭虎穴，也该去闯一闯。于是给林熙明回信，约定饶司令亲自赴会。林熙明听说饶司令亲自来，算是给足了他的面子。这一天，林熙明在总坛门前插满了五颜六色的欢迎旗子，在山隘中部署了许多手执刀矛的会徒，既示威严，也防变故。自己穿着红色法衣，头戴五个杨梅蕊的坛主帽，在众多机将、红官的簇拥下，亲自到宝岱村头迎接。他生性多疑，要求饶司令的警卫班留在村里歇息，然后才毕恭毕敬地把饶司令请进总坛大堂，分宾主坐下。

饶守坤讲明此行"议和结盟"的来意，义正词严地指出大刀会与红军为敌的错误，而后豁然大度侃侃而谈，从红军的政治主张讲到全国抗日形势，从党的统战政策讲到大刀会目前的尴尬处境，直说得林熙明啧啧称是。林熙明开口道："饶司令啊，经你这一说，我真的知道错了。我糊里糊涂地打了几年'顺天救民军'的旗号，结果是顺了国民党，害了老百姓，伤了我们的和气，对不起你啊！"接着，这个狡猾的林熙明又说："我也难啊！靠国民党，你不放我的人。靠你们，国民党又会掉转枪口打我们。你说我该怎么办？"

"关键不在放不放人，而在路走得对不对。救国救民不也是你的初衷吗？你与红军配合，正是为了解救人民免遭涂炭。再说，你有刀，我有枪，我们联合起来，还怕什么呢！"饶守坤说。

林熙明兴奋了，一拳打在桌子上说："好，联合！你放人吧。"

饶守坤当场传令将所俘100余人立即释放，趁林熙明感动之余，话锋一转："林师傅手下的会徒多是穷苦人，受尽国民党抓丁纳税之苦，林师傅作为一帮之主，对众多会徒之苦，难道就不管了吗？""管，管！"林熙明唯唯地说，"国民党真不是个东西，勾结土匪来打我们。我早就有反抗之心，可就是势单力薄，斗不过土匪和国民党呀！"

饶守坤赞赏地说："现在我们联合起来，力量不就大了吗？！我们手拉手，背靠背地跟国民党干！土匪更不足虑，红军替你们顶着。""这……"林熙明仍支支吾吾。饶司令员早就看透他的心事，一针见血指出："林师傅，别担心，兵匪一齐来也不足虑，红军替你们顶着。你们缺枪弹，我们帮助解决。""好！"林熙明见达到了放回被俘人员和联红军拒土匪的目的，终于下了决心，"你们够义气！一言为定，咱们背靠背地跟他们干。但……"狡猾的林熙明看着饶守坤欲言又止。饶守坤哈哈大笑，一眼就看明白林熙明的心思："你是嫌我的官不够大吧，怕我说的话不作数？""这个，这个……"林熙明呵呵干笑着，搓着手尴尬地说，"听说你们的师长叫黄立贵？""行，那就让黄师长来与你会盟！"饶守坤已接到黄立贵转战到闽东北的消息，大大方方应承下来。

1935年10月底，黄立贵率部顺利创建邵顺建根据地后，转向闽东北，执行联络闽东红军叶飞部的战略计划，此时正好赶到政和。听了饶守坤的汇报，黄立贵对饶守坤的以打击促团结的做法给予肯定，决定与林熙明会盟。

深秋的宝岱山，黄叶铺地，四面高耸的群山层林尽染，总坛"金銮宝殿"前布起"神坛"，一只大碗已倒好烧酒，一只大公鸡被绑在"神坛"桌前，头戴红巾的会徒正锣鼓喧天，林熙明头戴五颗红珠，身穿涂满各路神灵名号的大氅，率一群机将、红官恭候黄立贵师长。一声号响，前面迎候的传来黄立贵师长到来的信号，只见山路上一队红军战士整齐地踏着黄叶而来，队伍前头一员战将面带笑容，眼光炯炯疾步走来，紧跟在后面的就是林熙明认识的饶守坤和王助。林熙明快步迎上，大喊一声："久仰，久仰！"就要一头跪下，黄立贵连忙双手将他托起。林熙明转身带着黄立贵走向"神坛"，高喊一声："吉时已到，会盟！"随着林熙明的喊声，刽子手高举公鸡，一刀剁去公鸡脑袋，将鲜血淋进大碗的烧酒中。林熙明双手托起一炷香递到黄立贵手中，再拿起一炷香与黄立贵并肩而立，仰天祝告："各路神明保佑，今天我林熙明与黄立贵歃血会盟，结为兄弟，有难同当，有福同享！皇天在上，黄土在下，如有违约，天惩地罚！"黄立贵跟着也祝告一遍。只见，林熙明手握匕首，在左手拇指上一划，一滴鲜血滴入混杂着鸡血的酒碗，黄立贵照样将左手划破，也将一滴鲜血滴入大碗。林熙明恭敬地将混合着鲜血的酒碗双手高举过头顶送到黄立贵面前，黄立贵端起碗往地上倾倒了一半，然后喝了一口，交给林熙明。林熙明接过也往地上撒了一点，将余下的血酒一口喝完，用手一摸嘴唇上的鲜血，用力将碗摔在地上，大喊一声："结盟，仪式告成！"会徒们顿时金鼓齐鸣，法号齐响。

139

　　经过数次商议，黄立贵与林熙明达成四点协议：第一，红军与大刀会互不为敌，结成友好，共同对付国民党军和土匪。但红军与大刀会之间互不节制，自由行动，没有领属关系。第二，红军分批赠送大刀会部分枪支弹药，而各地大刀会也要给红军游击队让路过境的方便。第三，红军派军分区参谋长周觉华驻大刀会总坛，协同双方合作联络事宜；今后如联合作战，所有战利品，双方对半分成。第四，大刀会以后在经济问题上，只许搞财主土豪，不许勒索贫苦农民。

　　林熙明心悦诚服地在盟约上签了字，并且晓谕各分堂大刀会。从此，号称万众的建松政大刀会不再与红军为敌，解除了红军的后顾之忧。而林熙明也靠红军的军威，吓得汤德崇等"五大头"土匪退避三舍，免受攻击之危险。红军游击队解除了后顾之忧，着手集中力量打击当地的反动民团和土豪劣绅。

　　会盟后，11 月底，国民党一个团从政和县南路"进剿"游击区，周觉华参谋长联络红军与大刀会配合作战，先由大刀会正面迎敌，然后佯败而逃，诱敌放胆地追进山里，埋伏在后宝岱山中的红军突然两侧包抄，歼敌 2 个营，缴获 100 多支枪。红军将大部分枪支和军用品送给大刀会。这次战斗有力地鼓舞了大刀会与红军配合作战的情绪，林熙明尝到了许多甜头，为了表示与红军结盟的忠心，特将他的"顺天救民军"旗帜改为"爱国抗日救民军"，又封红军代表周觉华为首席机将，并且学习红军打土豪开仓济民的做法，赢得良好的声望。此后又配合红军袭击林屯乡公所，取得多次联合战斗的胜利。

　　黄立贵牺牲，红军改编为新四军北上抗日后，林熙明再次投靠国民党，与留在敌后的共产党地下党为敌。1943 年，军统特务借林熙明赴建瓯开会时，将这个难以控制的"土皇帝"暗杀，此是后话。

第三十章

履诺言饶守坤立斩顽匪
惜豪杰黄立贵收编豪强

　　黄立贵与林熙明和谈签盟后，红军行动没有了掣肘，消除了心腹大患。黄立贵指示饶守坤、王助采取"集中以应对敌军，分兵以发动群众"的办法，红军以排为单位，深入各村各户，组织农民打土豪、分粮物，使群众不断得到实惠，很快让群众体会到共产党是穷人的救星，红军是自己的亲人。仅仅半个多月，军民关系和谐，红军可以畅游在群众的汪洋大海之中，黄道书记谆谆嘱托的"开辟闽东北新游击区"的任务，基本实现了。

　　闽东北新游击区，指的是松溪、政和、建瓯、古田、屏南、周宁、寿宁7个县边区绵亘相接千余里的长形走廊，这里清一色的崇山峻岭，险关要隘，千米高山数百座，满山的原始森林，可以隐藏千军万马。国民党正规军，仅有驻建瓯的七十六师和驻宁德的八十师，约2万人，平日里龟缩在县城里，不敢贸然深入山区老林。那遍布乡村的大刀会组织，已与红军结盟，化敌为友。如今红军已掌控住闽东北这条走廊，就等于走了一步精妙的好棋，使游击战争这盘棋满盘皆活。乘着这个有利时机，黄立贵、饶守坤等开始考虑如何来收拾土匪武装。

当时，在闽东北地区，存在有多股武装土匪，其中危害较大的有盘踞在镇前至杨源一带以及政屏瓯边境的汤德崇、薛绍涛、薛志浩、李祖愿、李祖侗匪股，老百姓称之为"五大头"。他们以打家劫舍为营生，以敛钱谋财为目的，大斗分粮，小称分金，过着醉生梦死的奢靡生活。正因为这些土匪没有什么政治目的和纲领，所以在组织纪律上很松弛散漫，散则民，聚为匪，有利相合，无利相斗。匪徒的政治成分也十分复杂，有地霸流氓，有兵痞游民，有好逸恶劳者，有挟私报仇者，当然亦有不少被逼得走投无路的贫苦群众。他们既抢劫客商富户，也掠夺平常百姓，既与官军有勾结，又和当局作冤家。总之，见财就眼红，有奶便是娘。最为恶名的是汤德崇，为人圆滑狡诈，心毒如蛇，人称"笑面狼"。还有薛绍涛，行伍出身，凶相毕露，人称为"活阎罗"。土匪作案手段主要有五种：一是明抢，稠岭、牛岭、马岭都是他们抢劫客商的险恶处；二是暗盗，风高月黑之夜，就是他们飞檐入室之机，若被主人发觉，竟敢杀人灭口；三是绑票，暗中将名士商贾或其家人抓来，然后通知家属用重金来"赎票"，否则将其杀死，名曰"撕票"；四是与官军勾结，贩卖枪支，比如卖给大刀会总坛的枪支，一次金额就达500块大洋。后因总坛主林熙明赖账300块不给，双方就结下了很深的"梁子"（仇恨）；五是抢夺美女，供大小头目做"压寨夫人"，玩弄腻了，就卖到妓院。土匪所干的勾当，五毒俱全，伤天害理，红军在发动群众过程中常有耳闻，要求剪除土匪的呼声很高。在与林熙明会盟时饶守坤承诺过："土匪不足虑，红军替你们顶着。"故此，剪除土匪，既顺应民心，又兑现诺言，可以收到一箭双雕的效果。

也是事有凑巧，正当在考虑从何入手打击土匪时，政屏县苏维埃政府主席张发祯却为土匪之事来找饶守坤，于是，一个"擒贼擒王"计策就敲定下来了。

张发祯是政和洞宫山仰头村的一位贫苦农民，1913年生，早年丧母，父子相依为命，15岁时，家里的一点粮物被土匪洗劫一空，父亲无奈，就把他送到邻近的建瓯县冨地村堂叔家当学徒。这位堂叔名叫张祥吉，开有一家药店，是远近闻名的外伤科医师。师徒俩从医出诊十多年，由于医术医德高明，很有声望。1935年初，闽东特委书记叶飞在战斗中负伤，在地下交通员张和禄的护送下，来到仰头村张发祯家中治伤，得到张祥吉老医师的精心治疗，在治疗期间，叶飞等人发展了张发祯、张家镇等一批党员，建立了中共组织。

这年10月，在冨地村的张祥吉老医师被土匪"五大头"的薛绍涛、李祖侗绑票，扬言要100块大洋"赎人"，张发祯为营救师傅，就来求助于饶守坤。

饶守坤经过一番精心策划，由红军一个排长偕同张发祯佯装老医师的家人，到岭头山庙土匪老巢去"赎人"，暗中布置一个排红军战士，化装成老百姓，潜入山庙周围。匪首薛绍涛、李祖侗见来人提一个箱子来"赎票"，带着几个匪徒有恃无恐地要先见货（指大洋）后放人。张发祯假意诉苦说："100块大洋一时难以凑足，能不能先交一半？"匪首薛绍涛蛮横地应道："不行，少一块就撕票。"正当他们在讨价还价的时候，巧扮成老百姓的红军已围了上来。薛绍涛是行伍出身，看出情形不对，与李祖侗立即转身躲入庙内，掏出手枪负隅顽抗。饶守坤率一个排红军战士将山庙团团包围，经过一阵激烈枪战，当场击毙薛绍涛、李祖侗2个匪首和3个匪徒，活捉12人，然后在山庙地窖里，救出张祥吉老医师和2名妇女。山庙斩杀匪首的胜利，极大地震慑了远近土匪，盘踞在政和建瓯边界的汤德崇股匪逃遁远去，为害一时的匪患终于消除了，不但民众欢欣鼓舞，就连大刀会总坛主林熙明也送来猪羊贺礼，深谢红军信义卓然，为他消仇祛灾。从此，以洞宫山为中心的闽东北新游击区，更加巩固和扩大了。

就在饶守坤诛杀薛绍涛、李祖侗等恶匪的同时，黄立贵率闽北独立师三团向闽东的屏南、古田进发，继续完成寻找叶飞的战略目标。当时，古田西部的凤都一带有一股以张春光为首的土匪，有两三百人。张春光原是国民党军的一个团长，参加过十九路军反蒋建立"福建人民政府"的斗争，在战斗中负伤。"福建人民政府"失败后，被收编到国民党五十六军，因受排挤和看不惯国民党军欺压百姓，便带一部分人回到老家占山为王。凤都距饶守坤第二团的游击区很近，如果他与红军为敌，则是心腹之患。摸清张春光的底细和政治态度后，饶守坤曾经主动给他写信，要他在红军和国民党军之间保持中立。为此饶守坤曾亲自到张春光的山头跟他谈判。通过谈判，双方达成协定，张春光同意接受红军提出的三个条件：第一，不打劫穷人，只打劫地主老财；第二，不在红军游击区打劫，只到国统区打劫；第三，不抓老百姓当土匪。协议签订后，在很长一段时间里，张春光没有与红军作对，有时还为红军提供情报，并协助红军共同攻打国民党军。

有了前期工作的基础，黄立贵这次进入闽东古田，决定进一步争取张春光。黄立贵认真分析了这股土匪的性质和特点，决定对张春光采取以联合为主的策略，在条件成熟的时候改编这支部队。

11月初的一天，在凤都的张春光收到一张拜山帖："借光路过，拟与兄一唔"，落款：弟黄立贵。张春光对黄立贵可谓久仰，当年，十九路军起兵反蒋，就是黄立贵率红五十八团反击铅山牵制入闽蒋军，后又在光泽金陵山阻击三天三夜，有力地减缓了蒋军入闽的速度。当时，张春光团就在不远的沙县布防，对黄立贵的英勇作战有所耳闻。接到拜帖，张春光不敢怠慢，决定亲自下山迎接黄立贵。

　　11月的古田已进入严冬，但闽东地暖，此刻依然万木葱茏，两位不曾谋面但曾经共同战斗过的"战友"见面，回忆起当年的反蒋战斗，就有了共同的话题。黄立贵因势利导，指出张春光不愿在蒋军中助纣为虐的正义性，虽落草为寇，却能与红军和平相处，信守盟约，不打劫穷苦百姓，可算是"替天行道"的豪杰。黄立贵进一步向张春光解释共产党的方针、理想和信仰，指出张春光"落草为寇"绝不是长久之计。这也是张春光担心的，他知道据守凤都只是权宜之计，如果国民党军大军进剿，毫无回旋余地。张春光提出与红军联合，共同抗敌的主张。黄立贵借势提出加入红军的建议。经过反复思想斗争，张春光提议召集部下一起协商。

　　第二天，凤都大厅里，张春光部大小头目聚集，黄立贵在会上阐明共产党的方针，红军的性质，特别是共同反蒋的主张。张春光部大小头目大多是十九路军低级军官或穷苦人家子弟，黄立贵的讲话引起他们大多数人的强烈共鸣，会上除少数人反对外，大多同意加入红军。经协商，张春光部整编为闽北独立师一个营。黄立贵率部离开闽东重返闽北后，该部留在屏南，改编为屏南独立团。遗憾的是，不久，该团参谋长在国民党的利诱下率队哗变，部队瓦解，张春光不知所终。

第三十一章

上楼村孤军斗智
烈火中英雄本色

1935 年 11 月 11 日，黄立贵率一支小分队到达屏南县岭下乡，当地群众反映上楼村土豪李惠民当了第八区壮丁队队长后，家中墙高院深，四周修有炮楼，欺压百姓，鱼肉一方，黄立贵决定打击土豪的嚣张气焰。

该村位于屏南最高峰东峰尖的西侧，距建瓯县界不过数里，四周为高山，村前有一小片稻田，其中有一条小溪穿流而过。黄立贵率领独立师百余人抵达上楼村时，李惠民下令壮丁队关闭村口栅门，阻止红军进村，并带领壮丁队龟缩在村尾自己的大屋内，固守屋角的炮楼，与红军为敌，妄图顽抗到底。

黄立贵面对壮丁队的顽抗，一方面部署做好强攻该敌的战斗准备工作，一方面组织指战员向村里的村民喊话。不久，村内有几个胆子大的贫苦农民悄悄地打开大门迎接红军进村。红军战士迅速地包围了豪绅大屋炮楼。

土豪李惠民和壮丁队固守在大屋不投降，准备与红军对抗到底。黄立贵依照地形，指挥战士登上民房屋顶，组织火力向炮楼射击。在红军战士的猛烈的强攻下，战斗只持续了不到一个钟头，李惠民腿部中弹，躲进了地窖，壮丁队人员丢盔弃甲，争相逃命或投降。在清理战场时，李惠民从倒翻的烘桶下被抓了出来，交给群众公审。黄立贵把没收来的粮食以及金银细软等浮财分给当地老百姓，战士分散到各村打听叶飞部消息。

13 日早晨，黄立贵带着剩下的三四十名战士整装待发，就在这个时候，村外突然响起了"哒哒哒"的机枪声和"砰砰砰"的步枪声，紧接着哨兵跑步进来报告，西北方向来了好几百人的国民党军队。

驻在建瓯的国民党第五十六师第三营，侦察到黄立贵只带小股部队在上楼村，就从建瓯奔袭而来。他们仗着优势兵力和精良武器装备，气势汹汹从西、北两个方向包抄，企图一举消灭黄立贵小分队。在村后放哨的一班红军战士依托着有利地形，沉着地阻击敌人的进攻，并派战士报告敌情。

短暂的阻击战，8 名红军战士壮烈牺牲，但也为黄立贵在村内布防赢得了时间。黄立贵根据敌我力量悬殊的状况，立即组织战士突围已经是行不通，只得布置战士以豪绅炮楼为中心，连结周围民房的火力点，逐屋抗击敌人的进攻，逐步退守土豪大屋的炮楼，与敌人战斗。国民党第五十六师第三营官兵进入上楼村，遭到红军战士猛烈火力的射击，他们每占领一座民房都要付出很大的代价。红军战士在毙伤大批敌人后，按计划退守大屋，集中力量抗击敌人的进攻。

这座土豪大屋坐落在上楼村边，西北两边紧靠民房，东南方向是一个很大的开阔地。面对攻坚战，国民党五十六师也在村边和村后梯田挖了战壕，准备长期围困红军。他们架起了机枪，疯狂地向大屋扫射，"哒哒哒"的机枪声响个不停，子弹像暴雨一样，向大屋、炮楼倾泻而来。黄立贵命令红军战士镇定地埋伏在大屋和炮楼里，实施精准打击，利用开阔地一枪一弹消灭敌人，双方相持不下。

就在这个时候，原在屏南"清剿"红军游击队的国民党新编十一师任团四营打探到红军围攻上楼村的消息，连夜长途急行军而来。听到枪声，认为红军还被壮丁队阻截在村外，没有捞到便宜，于是他们以攻击前进的态势登上东南方向的山冈，向上楼村梯田猛烈开火。据守战壕的国民党五十六师以为是在外活动的红军回来支援村中守军突围，不问青红皂白，立即组织火力还击。两支敌军火拼，死伤累累，打了好一会儿，才知道是自己人打自己人。两支敌人军队联合起来，近千人的部队把上楼村围得水泄不通。敌人以为被围困的红军只要经过几次冲击就会被歼灭，黄立贵师长不会被活抓，也会被击毙。

敌军发狂似的大喊："共匪头子被我们包围啦！黄老虎被我们困住啦！兄弟们冲呀！抓住黄老虎领赏金啊！"狂叫声一停，一大群敌人在军官的督促下，在机枪扫射的掩护下，向大屋猛扑了过来。院子土墙被子弹一层层剥落，尘土飞扬。

黄立贵指挥战士们沉着应战，全神贯注地监视敌人的一举一动，再三嘱咐战士说："同志们，要爱惜每一粒子弹、每颗手榴弹，打不死敌人的枪我们不打，炸不倒敌人的手榴弹我们不扔！"战士们根据黄立贵的命令，当敌人冲锋进入开阔地时，机枪突然扫射，打得敌人横尸遍野；当敌人靠近大屋时，手榴弹同时甩出，炸得敌人血肉横飞；当敌人冲锋被打退，向后撤退逃跑时，战士们又用步枪、机枪点射，毙伤不少撤退的敌人。

敌人每次冲锋都以巨大的损失而告终，留在阵地上只有一片敌人横七竖八的尸体和垂死的伤员。从早晨到下午，敌人反复发起了十多次冲锋，都被我红军战士打退了。敌人付出了三四百人死伤的代价，也不能靠近大屋一步。

下午三四点钟，敌人改变了战术，在猛烈的火力掩护下，兵分两路，一路冲到墙根利用死角挖墙，妄图将围墙挖倒，扩大突破口。黄立贵师长命令大家赶快在院子里架上几口大锅烧水。大家不解其意。黄师长诙谐地说："古人云兵来将挡，水来土屯。今天敌人来挖墙，我用水来烫，既能节省弹药，又能打击敌人，也不失为妙法。"大家听了不由得抿嘴笑了。一会儿，水烧开了，战士们从院里竖起梯子，爬上墙头，将开水朝挖墙的敌人兜头浇了下去。敌人猝不及防，被烫得一蹦老高，哇哇直叫，连滚带爬地窜了回去。

此时红军弹药已剩不多，大家心里挺着急。黄立贵略加思索，看到炮楼前到处是敌人尸体，从战士手中接过机枪装上子弹，随手又拿上几颗手榴弹插在腰间，突然将大门打开，机枪对准敌人一阵扫射，一颗颗手榴弹掷向敌人。这突然的打击，打得敌人措手不及，乱了方寸，争先恐后逃走，战士们趁机飞跑过去，将敌人尸体上的枪支弹药收集回来。等到敌人回过神来，红军战士已平安返回大院。

傍晚，黔驴技穷的敌人放火烧着了四周的民房。一时浓烟冲天，火焰逼人，战士们呛得喘不过气来。敌人疯狂地号叫着：抓不住活的"黄老虎"，就把他烧成死老虎！一时浓烟滚滚，火光冲天。

黄立贵沉着冷静地告诉大家："庄院土墙高，火烧不到我们的房子，反而给他们自己设了一堵火墙，大火的炙烤中，靠不近我们，大家趁此机会好好休息。"

天渐渐黑了，夜幕降临，枪声也稀疏了，敌人的攻势开始减弱。敌人三三两两向后撤退到几十米外的田地上，生起篝火取暖吃饭。黄立贵抓住机会，立即下令："只带枪支弹药，其他东西扔掉，轻装冲出去！"准备突围，他一手抓着两颗手榴弹，一手举着驳壳枪，背插大砍刀，踢开大门，大喝一声："黄老虎来了，要命的给我滚。"猛地甩出手榴弹，同时，驳壳枪一串点射扫向敌人，身旁的机枪手扛着机枪向敌人成堆的地方猛扫，敌人一个个应声倒地。战士们紧接着又是一阵手榴弹，打开一道血路，冲过村边的小溪，以溪岸为掩护直冲对面茂密的松树林高山而去，融入茫茫夜色之中。

由于天色昏暗，到处一片黑沉沉，看不见敌人，也找不到战友，黄立贵师长跳上一个高坡，朝天连开三枪，高喊："黄立贵在此！黄立贵在此！有种的就来抓！"红军战士听到这熟悉又响亮的声音，立即朝着黄师长的高坡奔跑过来。队伍迅速集中完毕，顺着山势向前坂、里坂方向撤走。

上楼战斗黄立贵率红军小分队消灭敌军 400 多人，红军只牺牲了 9 人。

第三十二章

岩溪坑顺手牵羊
禾坪村两军会师

从上楼村突围后，原分散在各村开展活动的红军指战员听到上楼战斗的枪声，知道师部受到敌人的围攻，纷纷向前坂、里坂靠拢集结。黄师长把伤员安置到群众家里养伤，补充了给养，便率领队伍转移到屏南、建瓯交界的岩溪坑一带隐蔽休整。

11 月 15 日，国民党福建省保安第五团两个连，侦听到黄立贵率领的红军被围困在上楼村，抢"功"心切，连夜急行军穿小路扑向上楼村，途中听闻上楼战斗结束，红军已向西北转移，便不顾孤军突进的危险，尾随红军。

第二天，红军先头部队的侦察员发现前面山坡下有大股敌人，正在向红军逼近，立即向黄立贵师长报告，此时红军在岩前坑休息了一天多时间，战斗疲劳已消失了。黄立贵命令部队停止前进，原地休息，自己带一个班战士，快步攀上附近一座山头，只见敌人像蚂蚁般在山腰中羊肠小道上缓缓向红军靠近。黄立贵判断，敌人并没有发现红军。于是黄立贵当机立断，决定打他个埋伏。他立即安排各连、排凭借有利地形，设下埋伏圈，打一个出其不意的伏击战。

岩溪坑周围高山起伏，森林茂密，山腰间的一条弯弯曲曲的羊肠小道下临深渊，山涧对面三面环着高山，正是红军设伏的地点。各连、排战士按计划进入伏击阵地并搞好伪装。蒙在鼓里的敌人浑然不知，摆在他们面前的是一个大口袋，继续沿着羊肠小道蜿蜒而上。

大约过了半个小时，敌人陆陆续续进入了伏击圈，个个斜挎着枪，无精打采，喘着粗气，缓慢地向山头蠕动。黄立贵看到战机成熟，一声令下："打！狠狠地打！"埋伏在山涧两头的红军战士听到进攻命令，立即用火力封锁两头沟口，三面山头上的红军指战员一阵暴风骤雨似的射击，打得敌军乱作一团，惊慌失措，拼命往山下逃窜。战士们把在上楼村被围困挨打的怨气化作一股巨大的力量，一股脑儿倾泻在这批敌人身上，用机枪扫射，用手榴弹狠炸敌群。这场战斗持续了一个多钟头，两个连的敌人除投降外，其他全部被歼灭。这次战斗缴获到大量的枪支弹药，单单机枪就缴获了 12 挺，红军大获全胜。

上楼战斗打响后，在屏南活动的闽东红军独立师第二纵队从交通站送来的情报得知闽北红军被敌人围困，情况危急，他们在陈挺纵队长的率领下，绕道路下乡向上楼村迅速靠拢，以支援闽北红军。此时上楼战斗已经结束。1935 年 11 月 16 日，闽东红军第二纵队来到屏南、建瓯交界的柯坑自然村与闽北红军独立师胜利会师。陈挺与黄立贵相互介绍了各自地区游击战争与开展新区活动的情况，表达了两军联合作战、互相支持的共同愿望，并商讨召开闽北和闽东党、政、军领导人联席会议的时间、地点等问题，取得一致意见。随后，陈挺率部返回闽东寻找闽东独立师负责人叶飞汇报。黄立贵仍留在闽东北活动，发动和组织群众，开辟新区，为以后黄道和叶飞在政和、屏南边界的洞宫山会师创造条件。

11月底，闽北独立师政治部主任曾镜冰带领闽北独立师第三团一部，由建阳、崇安边境出发，昼伏夜行也来到柯坑村与王助率领的第二团会合。

1936年1月，叶飞、阮英平率领闽东独立师和黄立贵、王助、饶守坤率领的闽北独立师，以及林熙明率领的大刀会，分别在屏南县境横扫当地民团和地方反动武装。为了便于找到叶飞的部队，黄立贵一反常态，有意公开打出闽北红军独立师的番号，暴露目标，同时兵分两路，一路由黄立贵师长带队往东到政和、周宁边界活动；另一路由曾镜冰主任带队往南到政和、屏南边境，两支队伍边打边走，转眼就到了1936年正月。

年前，两支队伍再次在禾坪村会合。禾坪村位于杨源乡坂头小河源头，四面高山峻岭，全村32户都是穷苦农民，为了让穷苦农民过个好年，黄立贵攻打下周宁县楼坪乡公所，缴枪十几支，捉到楼坪乡地主5人，带回禾坪村公审，当众处决了民愤极大的张景发等2个地主，并将地主囤积在禾坪村的粮仓打开，分粮给穷人过年。大年除夕，红军忙着给群众扫地、挑水、舂米，给禾坪村增添了一派欢乐气氛。

正月初七这天一早，村外哨兵报告说有情况，黄立贵师长立马布防迎敌，同时，对空鸣枪示警。只见前头的一位来者，高声喊叫"自己人！"村民也认得此人是政和仰头村的张发祯医师。原来，叶飞率闽东独立师在年后也转到仰头村，张发祯向叶飞汇报了闽北红军已到禾坪村的情况。仰头村与禾坪村相距15里，因此，叶飞一早就派张发祯带一个警卫班先来联系，自己随后而来。

153

这才是："踏破铁鞋无觅处，得来全不费功夫！"黄立贵喜出望外，赶忙组织队伍出村迎接。

不久，叶飞带四五十个红军来到禾坪村，这两位威震敌营的红军师长长时间地热烈拥抱，忍不住热泪盈眶，相见恨晚。闽北和闽东红军战士相聚，欢呼雀跃，手拉手地共叙游击战争的甘苦。

黄立贵把自己住宿的一栋大房子让给叶飞的队伍驻扎，并把岗哨放出周围十几里外。晚上，闽北独立师黄立贵师长、政治部主任曾镜冰和闽东独立师叶飞师长聚会，叶飞首先表达了他对黄道书记的仰慕和敬意，并详细介绍了闽东的情况。曾镜冰主任转达了黄道书记对叶飞同志的问候和双方联合的具体意见，阐述了党中央周恩来、朱德同志在长征途中发来的电报内容。黄立贵与叶飞就闽北、闽东、浙西南根据地（刘英、粟裕部）的联合统一和互相支持等问题表达了共同愿望，并商定了召开三块根据地最高领导人联席会议的大致时间和地点等有关事宜。

初九，双方依依不舍地分别，黄立贵、曾镜冰率闽北独立师一部迅即赶回闽北分区委，向黄道书记汇报了与叶飞会晤的情况。

第三十三章

洞宫山联席双雄定策
恢复闽赣省苏区鼎盛

黄立贵师长率部离开禾坪村，急返崇安向黄道书记报告。这时，敌人也发觉了红军打到外线，随之改变了战法，采取跟踪追击和分进合击的办法，发现红军一个连，就组织一个团跟着屁股"追剿"；发现红军一个驻点，就调遣几路兵力来合击。

当黄立贵率部行至建瓯时，被敌新编十一师发现，敌师长周志群亲自率部追赶。黄立贵让曾镜冰主任率部分部队从小路回崇安向黄道书记汇报会谈情况，自己率一团主力引开敌人。以"叫花子打狗"战术，边走边打，将敌新编十一师周志群部从建瓯、松溪、政和引到将乐、泰宁、顺昌，又从将乐、泰宁、顺昌转到光泽、资溪、贵溪，一路上与敌周旋兜圈。红军有时一天急行军100多里，等敌人追来时，红军已休息了一两天；有时选择有利地形，狠狠敲打敌人一下。就这样牵着周志群的鼻子走一路，拖一路，行程1000多里。当周志群部追到建阳界首时，已足足拖掉队了1000余人，个个精疲力竭。"敌疲我打"，早已埋伏待敌的独立师第二纵队，立即发起攻击，歼灭敌新编十一师500余人，敌师长周志群的脚骨也被打断。周志群部元气大伤，再也不敢"追剿"了。

接到曾镜冰的汇报后，1936年4月初，黄道书记从崇安南岚动身，由军区司令员吴先喜率部护送，前往洞宫山见叶飞。黄立贵和饶守坤得报后，也分别立即率部赶到建瓯与政和之间的荷岭接应。

三支部队会合后，向建瓯、政和间的五背岭进发。正好从建瓯迪口开来的敌五十六师3个团也到达这里。这一天正有大雾，上午7时左右，敌人一下子就冲到附近，哨兵因雾大看不见，被敌人摸掉，等警卫员发现，已经来不及回避了，情况十分危急。狭路相逢，黄立贵师长迅即冲上山坡高声命令："同志们，为了保卫黄道书记，就是死也要守住阵地，不准后退一步！饶团长，你赶快掩护黄道同志转移，我在这里阻击敌人。"未等饶守坤争辩，黄立贵已率部队抢占五背山制高点，开火吸引敌人。全体战士如猛虎下山，跃起冲锋，只杀得敌军丢盔弃甲，落荒而逃。吴先喜与饶守坤迅速掩护黄道书记转移，黄立贵击退了敌人几次冲锋，见黄道书记已安全转移出去后，才撤下敌军迅速赶上了黄道的队伍。饶守坤随即组织部队占据有利地形拦截追赶的敌人，由黄立贵率二纵队在前开路，掩护黄道书记前行。就这样，黄立贵与饶守坤交替阻击敌人，几经周折，掩护黄道书记终于登上政和洞宫山仰头村与叶飞会面。

此时，叶飞率闽东一纵队警卫连已先期到达，驻扎洞宫山区的大窠、西山、土岭、七星凸、黄岗等小村，距仰头村只有三五里之遥。

4月的洞宫山，春耕在即，民勤牛忙，秧苗嫩绿，田土新翻，莺歌燕舞，山花烂漫，碧水丹山，映衬出一幅绮丽的风光。这天晚上，在仰头村前刚搭起的戏台上，闽北分区委的文工团正在举行慰问演出，四盏气灯照得通亮，双方红军战士和政和、屏南苏区干部、群众数百人欢聚一处，把村前的空坪挤得水泄不通。演出前，主持慰问晚会的黄立贵师长在讲话中号召："咱们军民团结起来，联合起来！巩固革命根据地，打倒国民党反动派！打倒日本帝国主义！"

当晚，闽北分区委书记黄道及黄立贵、吴先喜、曾昭铭、曾镜冰、黄知真等，与闽东特委书记叶飞、委员阮英平等，在叶飞驻地大窠村秘密举行闽东、闽北党委联席会议，会期三天。双方先就闽北、闽东、浙西南三块游击区相互配合与统一指挥等问题进行讨论研究，鉴于成立闽浙赣省委条件尚不具备，转而磋商成立中共闽赣省委和省军区问题，以统一领导闽北、闽东游击区开展游击战争。会议对成立闽赣省委和军区以及领导成员的组成事项，原则上达成了共识：

一、分析了游击战争进入第二年的政治、军事形势，双方共同感到执行党中央电报指示的重要性和紧迫性，两块根据地应该尽快联合统一，唇齿相依，互相支援，以应对敌张发奎"剿总"的新阴谋。

二、讨论了党在当前的工作方针，肯定了各方面策略转变的正确性和必要性，双方同意在继续开展有根据地依托的游击战争中，应不断地发展地方党组织，扩充红军队伍，巩固和扩大新游击区，使战争之伟力来源于人民群众。

三、鉴于浙西南根据地（刘英、粟裕部）未能参加这次会议，故决定，将闽北分区委和闽东特委联合成立中共闽赣省委，由黄道任省委书记，叶飞、范式人、阮英平（以上闽东方面）、黄立贵、吴先喜、曾镜冰、曾昭铭（以上闽北方面）任省委委员。省委下设3个特委：闽东特委，书记叶飞（兼）；闽东北特委，书记王助；闽北特委，书记汪林兴。叶飞代表省委管辖闽东和闽东北两个特委。

四、成立省军区，由叶飞任司令员，黄道兼任政委。下辖7个军分区：福（安）寿（宁）军分区，司令员范式人；古（田）屏（南）宁（德）军分区，司令员阮英平；霞（浦）（福）鼎军分区，司令员许旺；抚东江西边区军分区，司令员吴先喜；闽西北军分区，司令员黄立贵（兼）；闽东北军分区，司令员饶守坤；闽北军分区，司令员汪林兴。

会后，黄道书记回到崇安岚谷山区，立即着手组建省委机关，从此闽北分区委名称被闽赣省委所替代。为了将洞宫山会议的决定和闽赣省委组成人员名单报请党中央，黄道书记起草了给中央的密写报告文件，选派广浦县委书记吴华友巧扮成南洋客，去找党中央留在南方的代表。吴华友辗转福州、上海、南昌、广州等地，直到1937年2月，终于在香港找到了党中央代表饶漱石的秘书朱挺，由朱挺将密写文件转交党中央。

尽管洞宫山会议后，由于诸多原因，闽赣省委未能完成闽北、闽东及浙西南三块根据地的完全统一领导，但是两块根据地的打通和配合，对于赢得三年游击战争的胜利，有着重大的战略意义和历史作用。

1936年6月，黄道书记回到崇安岚谷宣布中共闽赣省委和省军区成立。黄道任闽赣省委书记兼省军区政委，叶飞任省军区司令员（未到职），曾镜冰任省军区政治部主任。稍后，成立了省肃反委员会、共青团闽赣省委、闽赣省工会联合会等组织。闽北红军独立师保留，隶属省军区，师长黄立贵，政委吴先喜，下辖各团一律改为纵队建制。黄立贵兼任二分区（闽中分区）书记和军分区司令员、政委，率领第二、第五、第六纵队，下辖邵顺建、建泰、邵将泰县委和邵光特区委。

至1936年年底，在闽赣省委和省军区领导下，闽北红军坚持并开辟了包括福建省崇安、建阳、建瓯、松溪、政和、浦城、光泽、邵武、南平、寿宁、建宁、泰宁、周宁、屏南、顺昌、将乐、古田，江西的资溪、广丰、铅山、金溪、上饶、贵溪，浙江的江山、龙泉、庆元等26个县，形成北起信江，南至闽江口，东达洞宫山脉的闽浙赣边的广大游击区，闽北独立师也由三个团发展为6个纵队，近5000人。黄道、黄立贵、叶飞等领导的闽赣游击根据地成为三年南方游击战中最大的游击根据地之一，闽北三年游击战争进入鼎盛时期。

洞宫山会议之后，黄立贵率部开辟闽中游击根据地。攻下建阳的界首后，回到邵、顺、建根据地的华家山一带诛杀叛徒，整顿队伍，随后往攻南平的峡阳，接着又进军将乐、泰宁，一度进入江西老中央苏区，不断扩大闽北红军独立师的影响。

第三十四章

吴先喜正法刘新友
黄立贵追杀朱文宝

　　黄立贵率部挺进闽东时，留下邵顺建独立营坚守华家山根据地。1935 年秋，独立营政委丁添生到东游区委要钱，蓄意叛变逃跑，被及时察觉，区委将丁添生捆送邵顺建县委驻地。可县委书记刘新友因乱搞男女关系，有把柄在丁添生手中，在丁添生的威胁下，丧失立场，为丁添生松绑，使之逃跑。而后丁添生纠集东游村、华家山一带残余大刀会，进攻华家山区委，区委书记刘水生及游击队员 3 人被杀害，抓来的土豪全被放跑，使华家山区委遭到重大损失，余下的区委干部被迫转移。

　　12 月，闽北军分区司令员吴先喜率独立师二团路过邵顺建边区，截获大刀会给邵顺建县委书记刘新友的密信，信中要求刘新友里应外合破坏邵顺建根据地，引起吴先喜警觉。吴先喜率独立师二团火速进入华家山地区，捕杀大刀会首恶分子，及时粉碎当地民团企图在华家山、东游、上坊发动反革命政变的预谋。县委书记刘新友在关键时刻竟然离开岗位去姘头家私会，当通知刘新友到团部时，心虚的刘新友拒不到达，经华家山区委举报，吴先喜果然在刘新友姘头家中堵住刘新友，结合刘新友私放丁添生造成革命重大损失，吴先喜果断调整邵顺建县委，刘新友被处决。

1936年上半年，闽北红军主力齐聚政和洞宫山一带，邵顺建根据地红色武装力量比较薄弱。敌第七十六师牛营进驻拿口、朱坊一带，加强对游击区的"围剿"，邵顺建根据地形势紧张。这时，一些钻进革命队伍的投机分子和被红军争取过来的联、保长思想动摇，在国民党驻军诱惑下，重新投入反革命阵营，曾经为红军攻打朱坊街立过功劳的朱文宝、付为炳这时也叛变投敌。

朱文宝原为朱坊联防队队长，1935年6月黄立贵和邵光独立营进军朱坊时，他投机革命，在朱坊地下党的策反下，里应外合缴械了朱坊民团的武器，使朱坊街一度成为华家山根据地的中心。华家山区委见他工作积极，吸收他为共青团员，并担任游击队队长。付为炳原是朱坊街的联保主任，与朱文宝是亲戚，通过朱文宝争取过来。参加革命后他们侵吞打土豪财产，面对"严峻形势"，再次投机。1936年6月17日，朱文宝、付为炳杀害游击队员，携枪17支，投到国民党第七十六师驻拿口镇牛营。而后，引敌包围邵顺建县委机关和县独立营驻地山下村天湖，杀害正在熟睡的县委干部和独立营战士80余人，并抓捕各区、村干部、群众。

邵顺建县委和县独立营紧急向建阳突围，在建阳书坊正好遇上从洞宫山返回邵顺建根据地的黄立贵二纵队。为惩治敌人，打击敌人的嚣张气焰，黄立贵率领二纵队从建阳书坊出发直扑邵武朱坊。朱文宝、付为炳刚刚新建的朱坊联保队一触即溃，朱文宝、付为炳没命地逃往拿口牛营。6月27日，黄立贵率二纵队直逼拿口镇。面对黄立贵的攻势，平日骄横的牛营长不敢应战，渡过富屯溪逃跑，朱文宝、付为炳随着敌牛营仓皇出逃，黄立贵顺利解放拿口镇，救出被关押的干部、群众。为重振邵顺建根据地士气，黄立贵在朱坊街搭台演戏三天，并将打土豪的财物分配给群众，大大鼓舞了根据地群众的斗志。

正当朱坊、拿口军民欢庆胜利时，不甘失败的敌七十六师牛营会同路过的敌第三师3000多人在朱文宝、付为炳的带路下大举向拿口、朱坊扑来，黄立贵率部且战且退，突围到山下村。第二天，就在敌第三师刚刚撤出朱坊，黄立贵大胆抓住战机，兵贵神速，分三路反攻朱坊敌七十六师守军：一支队正面迎击；二支队侧面拦截；三支队从拿口方向包抄断其后路。留守敌军做梦都没有想到刚被"击溃"的红军立马反攻，敌人毫无戒备，顿时乱着一团，四处逃窜，在红军强大的攻势下纷纷缴械投降，红军重新收复朱坊。恶贯满盈的朱文宝逃到水坝边被击毙，付为炳被活抓，愤怒的群众用铁线穿其肩膀游街示众。

随后，黄立贵重建邵顺建县委，并将邵顺建独立营整合到闽北独立师组建六纵队，形成合力。此后，西出界首、黄坑；南下大埠岗、宝积、龙湖；东进洪墩、顺昌、将乐等地，连续打了几个漂亮战，短短几个月，迅速巩固、扩大了邵顺建根据地，进而建立起闽中根据地。

第三十五章

攻坚城黄立贵失利邵武
援友军陈仁洪解困资溪

取得朱坊、拿口等系列胜利后，根据闽赣省委提出的"把游击向着深度、广度挺进"的号召，黄立贵率部在邵武、光泽、建阳、顺昌、建宁、泰宁、将乐边界地区领导群众积极开展游击战争，发展游击区域，积极开展扩军运动，壮大武装队伍。

1936 年 7 月下旬，黄立贵新整编的二纵队 1200 余人从将（乐）建（宁）泰（宁）地区转到邵武东部地区活动，做攻打县城的准备工作。

邵武城，地处武夷山南麓，是沟通闽赣的重要交通咽喉，富屯溪穿城而过，水陆交通发达，素有"八阙屏障铁邵武"之称，易守难攻。城内驻有国民党第七十六师的一个旅，3000 余人。为了打好这一仗，黄立贵主持召开纵队领导会议，研究部署攻城战斗，决定采取两种战术：一是引蛇出洞的战术，诱使驻守邵武的敌军到城外预伏地点决战；二是采取围城打援的战术，趁驻建阳敌新编十一师来增援，歼灭援敌。

战术确定后，部队于 7 月下旬某一天的下午埋伏在城东故县

163

斗山附近的山头，并派出两支小分队隔着护城河向城内开枪挑战："白军们，有种的就出来，跟红军爹爹较量较量。"力图激怒敌人，引敌出城。但城内敌人面对红军的枪声和喊话，只是派出一小队20余人，急急设置好铁丝网和路障，又转身奔回城内，紧闭城门。渐渐地，日落西山，城头上敌军人影憧憧，整个城墙慢慢地变成了铅灰色，整座城市笼罩在灰蒙蒙的落日余晖中。

敌人按兵不动，红军指战员个个心急如焚，7月的黄昏依然酷热难耐，大家伏在草丛里热得汗流浃背，不断拿帽子驱赶蚊虫。到了掌灯时分，黄立贵只好命令部队撤离山头。

部队翻过斗山走了十几里路后，黄立贵师长命令部队停止前进，就地宿营，派出陈仁洪率领的一支队断后警戒。原顶着酷暑埋伏半天，现又行军十几里的红军指战员，个个疲惫不堪，草草吃了些干粮，在竹林里、松树旁、石板上、草地上，纳头便睡。

就在我军撤离时，狡猾的敌人便派出密探尾随。趁红军宿营后，敌在邵武城里的旅部便通知富屯溪上游药村方向、下游晒口方向的驻军，分两路星夜泅水过河，南北夹击。拂晓时分，敌人绕过断后警戒的陈仁洪一支队，摸掉岗哨后直扑纵队指挥部和二、三支队，一下子便直接插入宿营地。暗哨见前面影影绰绰地一片人群，觉得不对，随即鸣枪报警，向敌人射击，这才惊醒了部队。大家情况不明，黄立贵组织战士们边打边撤，向一支队方向突围，纵队部和二、三支队受到一些损失。

敌人尾追而来，这时天色微亮，陈仁洪听到纵队部和二、三支队那边枪声激烈，心里猛然一惊，大喊一声："大家跟我来!"一支队从警戒地山上扑出来，正好与撤退下来的纵队部及二、三支队会合。黄立贵临危不乱，当机立断，命一支队占领有利地形掩护，二、三支队立即整队归建突围。敌人来势很猛，四周山上到处都有枪声，重机关枪像雨点般地压过来，打得尘土飞扬，树皮开花。一支队占据有利地形顽强阻击，等到黄立贵率纵队部和二、三支队整队后撤远，才边打边撤。

陈仁洪走到部队的最后，穿着一身黑色列宁装，手里拿着驳壳枪，十分显眼，便成了敌人射击的目标。突然背后"叭"的一声枪响，陈仁洪猛地向前踉跄了几步，差一点摔倒，当时也没在意，迅速指挥部队撤进深山，等摆脱敌人。坐下来休息时，才发现包袱上有一个小指头粗的洞，赶快打开，只见一颗子弹穿透了里面包着的衬衫，弹头不偏不差，直嵌在衬衫里的三块银圆中间，两块银圆已经穿透，贴身的第三块银圆也已被打凹了。几个战士凑上来看，惊讶得直伸舌头，有个战士笑着说："政委福大命大，只差一块买路钱，就革命到底了。"

几天以后，部队陆续撤回朱坊根据地休整，黄立贵总结了这次战斗失利的教训，鼓励大家振作精神，迎接新的战斗。

在闽赣省委提出的"把游击向着深度、广度挺进"的号召下，7月中旬，战斗在江西抚东地区的吴先喜抚东军分区四纵队也开展了对资溪城的攻坚战，战斗失利后，受到很大损失，吴先喜身负重伤，部队仅剩下百余人。

黄立贵得知情况后，于7月底派闽北独立师二纵队一支队政委陈仁洪率300多名干部战士深入资、光、贵地区，寻找吴先喜的部队，协同资光贵中心县委粉碎国民党的围攻。9月初，第二纵队第一支队经长途跋涉，翻过武夷山脉，到达江西境内，来到贵溪冷水坑附近。

冷水坑地处资溪、贵溪两县交界处，是江西国民党军围攻金溪、资溪、光泽、贵溪红军的重要支点，驻有国民党地方保安武装 100 多人。敌人大部分驻扎在街上，少数驻西山碉堡里，自从吴先喜受伤后，抚东军分区红军没有大的活动，敌人都很麻痹。陈仁洪命令一个排化装成群众，趁敌人午休时冲进村里，国民党军士兵正在树底下玩牌，见到红军出现在眼前，纷纷往房子里钻，红军战士紧追不舍，不一会儿，冷水坑被打得烟雾腾腾，躲在碉堡里的敌人见山下打成一片火海，急忙火力增援，被红军轻机枪压住堵了回去。冷水坑一仗消灭敌人 70 余人。一支队趁势又打了一些土豪，附近的小股民团不敢肆意妄为，纷纷撤到大镇上集中起来，一度消沉的群众情绪又高涨起来，到处宣传"游击队没有消灭""闽北红军又过来了"。几天后，隐蔽在深山养伤的吴先喜派人联系一支队，两支部队在贵溪附近的板石坑会师，队伍迅速又壮大到 600 余人，重新扩编重组了闽北独立师第四纵队。

在黄立贵、吴先喜等人的建议下，闽赣省委也及时召开会议，总结了攻打邵武和资溪的失败教训，克服"左"倾盲动思想，重新回到坚持游击战的战略思路上。此后，分散在各个游击区的各路纵队改变战略战术，采取四面开花，避重击虚，深入敌占区，骚扰、牵制敌人，打乱敌人兵力部署，积小胜为大胜，很快重新掌握了战场的主动权。

第三十六章

纵横闽中黄立贵威慑敌胆
"北和南剿"蒋介石收买人头

重新确立游击战争的策略后，1936 年底到 1937 年初，黄立贵率二纵队四面出击，不断扩大游击根据地。1936 年 8 月，闽赣省委决定由黄立贵同志担任闽中特委书记。此后，黄立贵率二纵队攻占峡阳，渡过闽江，重点经略闽中（今三明市的将乐、沙县、泰宁、建宁、清流、宁化一带）。

8 月中旬，闽北独立师第五纵队成立，纵队长吴元林，在将乐的孔坪村建立中共邵将泰县委。8 月 27 日，第五纵队由将乐万全进入泰宁开善游击，次日，与国民党驻泰宁的七十五师，激战于开善隘上。10 月，闽北独立师第六纵队成立，纵队长林老生，政委柴金林。黄立贵、马长炎率领闽北红军第二、六纵队兵分两路，从将乐出发，到明溪、沙县一带游击。随后，第五、第六纵队各抽出一部，由曾昭铭、马长炎、柴金林等率领，开辟了将（乐）建（宁）泰（宁）游击区。

11 月上旬，黄立贵率领二纵队在将乐安仁了解到安仁大刀会头目、万安警察局局长郑爱仁纠集匪徒肆意派捐勒款、鱼肉百姓、

167

疯狂打击革命干部和革命群众的种种罪行后，决定对其予以打击。侦察获悉郑爱仁及 30 多名喽啰要去元洋村为非作歹，黄立贵指挥部队埋伏在墨斗凹和圣高庵内。当郑爱仁带喽啰进入伏击圈，黄立贵一声令下，枪声一响，郑爱仁就缴械求饶，黄立贵对郑爱仁严厉训斥后，留其活命，责令其改邪归正。郑爱仁被释放后，非但不思悔改，反而与将乐县国民党党部勾结，领来 18 条枪，重新纠集旧部在安仁岭头、半岭等地多次与红军开战；还在万安霸占民女廖某为妾，并按全乡人口摊派彩礼红包。黄立贵决定彻底消灭这股顽匪。11 月下旬的一天，正是泽坊圩日，获悉郑爱仁等匪徒驻扎在泽坊洪桥头寺庙里，黄立贵立即率队连夜出发，在拂晓前将众匪团团包围。郑爱仁一边指挥匪徒顽抗，一边仓皇向西坑逃窜。他刚爬上一条田埂，黄立贵眼明手快，一枪将他击毙。随后，红军在泽坊圩场召开群众大会，黄立贵登上洪桥台阶，声讨郑爱仁罪行。红军为民除害，群众无不拍手称快。此后，黄立贵站立的洪桥被当地百姓称为"红军桥"。

12 月 8 日，第五、六纵队进入泰宁上青永兴曹家坊一带活动，进而深入到泰宁、建宁边境，成立了"中共建泰县委"，隶属中共闽赣特委领导。年底，邵顺建、将建泰游击区连成一片，闽中游击根据地形成。1937 年 3 月，闽北独立师第二、五、六三个纵队会师，撤销五纵队，整合加强为二、六纵队。二、六纵队在击溃国民党七十六师一个连后，频频出击泰宁上青的川垅、李家坊，龙湖的黄厝及邵武的桂林一带。5 月，为打通张鼎丞领导的闽西根据地，黄立贵、马长炎率领二、六纵队分头西进，一直推进到宁化与江西交界边境。

1936 年底"西安事变"后，蒋介石被迫与共产党和谈，但在和谈中拒不承认南方我党领导的游击区。面对南方各省、特别是闽北蓬勃发展的革命形势，蒋介石加紧实施"北和南剿"的反动计划。1937年1月，任命上将刘建绪就任闽浙皖赣四省"剿匪"总指挥，同时在浙江衢州召开四省驻防长官会议，重新部署对南方各游击区的"清剿"。闽北被划入第二"清剿"区。接着敌五十二师、七十五师、七十六师、三师、四十五师和独立第六旅采取"分进合击""跟踪追击"等策略，对根据地全面摧残，发起了对闽北游击根据地的进攻，闽北根据地形势异常严峻。2月，闽北独立师第四纵队在光泽北部柴家村被国民党军第五十二师包围，闽北军分区司令员吴先喜牺牲，部队伤亡很大。战斗在建松政地区的第一纵队在抗击国民党军进攻中也遭受很大损失。为此，闽赣省委命各游击分区的部队转入山区分散隐蔽活动。

为打破敌军的进攻，5月下旬，黄立贵率部从闽中的宁化、清流一带撤回到邵（武）将（乐）泰（宁）一带坚持战斗，牵引敌军离开闽北老苏区，以缓解敌军对闽赣省委驻地黄坑猪母岗的压力。

1937年5月，蒋介石两次电令国民党福建省主席陈仪"务将残匪限期肃清"，否则就"依法惩治"。5月30日，《福建民报》发布通令："凡生擒黄立贵、黄道、张鼎丞者，各赏奖金2000元。"闽北"剿匪"指挥部将缉捕黄立贵的赏金增至5000元。

在闽北，反共声浪喧嚣一时，闽赣省委和各军分区陷入敌人重重围困。

第三十七章

顾大局黄立贵假冒省委
破困局独立师化整为零

1937 年春，闽赣省委迁址建阳与光泽交界的猪母岗，国民党第七十五师、七十六师闻讯从建阳、邵武、光泽三县齐头并进，紧紧追击而来，5 月将猪母岗围得水泄不通，妄图一举歼灭闽赣省委。黄立贵率二、六纵队火速增援，5 月底在猪母岗设下口袋阵，诱敌深入。

武夷山脉的暮春正是雨季，惊雷乍响，一场暴雨泼洒而下。黄立贵将二纵队和六纵队分别埋伏在山谷的两侧，省委警卫营埋伏在山谷底部，三支部队如"品"字形，形成一个巨大的口袋。战士们在瓢泼大雨中寂然不动，黄立贵伏在一块岩石后透过雨雾注视着山谷口。正午时分，负责诱敌的小分队在雨雾中且战且退，进入谷口。只见追击的敌人黑压压地在雨雾中出现，足足有一个营。埋伏在谷底的省委警卫营以零星的枪声率先阻击，有意让敌人以为阻击部队火力不足，继续诱敌深入。就在敌人全部进入山谷伏击圈，黄立贵率两侧的二、六纵队在雨雾的掩护下，立即关上了山谷的谷口大门。一声令下，轻重机枪同时从敌人的侧后方开火，谷底阻击的警卫营零星的枪声也突然变成机枪扫射。顿时，敌人惊慌失措，如无头苍蝇在泥泞中四下乱撞，一会儿，倒下一片。随着一声惊雷的炸响，黄立贵带头冲锋，战士们踏着泥泞从四面山上向山谷扑去，手榴弹在敌群中开花。不足2个小时，一个营的敌人被歼灭干净。

接着，按预案，警卫营趁着雨雾悄无声息掩护省委机关向光泽方向撤退。黄立贵故意放走一些被俘的敌人，然后率二、六纵队趁着夜色，打着省委的旗号，呼喊着从被歼敌人防守的缺口向邵武、顺昌方向"突围"。果然，敌七十五师、七十六师接到"逃回"的俘虏报告，立即调整方向，尾随黄立贵的"省委"向邵顺交界的宝山、七台山追去。闽赣省委待敌退出后，重新回到猪母岗。

"突围"后，黄立贵率领1个营在邵武、顺昌一带以"省委"旗号活动，被国民党第七十六师的2个团前堵后追，情况十分危难，只得将该营分散，以排为单位活动。黄立贵自率1个排，经一个多月的艰苦转战回到七台山游击区。

七台山是一座平均海拔800多米的高山，位于邵武东南，与顺昌、将乐交界，这里群山环抱，茫茫林海，古树参天，周围没有民房。国民党军认定七台山是中共闽赣省委所在地，采取"驻剿"与"搜剿"相结合的办法，将游击区分割包围，严密封锁，并派大量便衣四处侦察，使红军的活动陷入极端困难的境地，只得在大山里打游击，这座山坳住几天，那座山坳住几天。没有帐篷，也没有行军被褥，临时用树枝搭个小棚，尖尖的顶子上撒些茅草，地上铺一些树叶，晚上就钻进去睡。有时来不及搭棚，就睡在树林里，或是靠着树根打个盹。高山密林里一年四季晚上都很冷，又不能生火，夜间冷的时候找些树叶、杂草盖上。

老游击区的群众通过交通员冒着生命危险偷偷送一些大米、猪肉、食盐上山，那也是十分有限的，更多的情况是在山上找野菜吃。后来，又有同志在山里发现一种草根，洗净放在锅里煮后就像藕粉一样，有甜味，是可以吃的。获得这种草根，大家高兴得跳起来："我们有'藕粉'吃了，可以大大改善一下了！"但有限的"细粮"只能当病号饭留给伤病员吃，红军指战员经常饿得头昏眼花。

在这种情况下，党组织和黄立贵加强了对部队的教育。黄立贵经常给部队上课，坚持部队的军事训练，并以自己的模范行动影响大家。他端着一碗黑绿色的野菜对大家说："同志们！我们今天吃一次野菜，味道不如大米饭，的确很难吃。同志们！眼睛要看得远一些，吃了野菜才能狠狠地打击敌人，将来我们就会天天吃大米饭，到那时，想吃野菜也吃不到，还是趁热多吃几碗吧！"

"眼睛要看得远一些"，差不多已成为黄立贵对指战员谈话时的一句口头禅了，每逢困难的时候，他总是用这句话提醒大家。

山下到处是敌人的封锁线，黄立贵只好率部向高山密林深处撤去。艰苦的生活，煎熬的岁月，在吞噬着战士们的生命。敌人还不断地搜山"清剿"，宿营地常常受到袭扰。黄立贵带领着大家这里躲，那里藏，顽强地斗争着，在难以想象的艰难困苦环境中，坚如磐石般地顽强坚持着。

第三十八章

李冬娥血洒竹鸡笼
黄立贵壮烈梧桐際

1936 年 12 月初，黄立贵妻子李冬娥在建阳界首竹鸡笼一带扩军，被敌七十五师宋天才部包围，突围中，李冬娥及同伴壮烈牺牲。噩耗传来，黄立贵悲痛欲绝，立即赶到黄坑。当同志们将李冬娥的遗物交给他时，他大声吼起来："衣物有何用，我要人，活人没有，尸体我也要"，并四处寻找妻子的尸体。黄立贵与李冬娥结婚不久就临危受命，到达闽北承担起重建闽北独立团和发展壮大闽北根据地的重任。李冬娥对丈夫很理解，为减轻丈夫的担忧，主动要求从赣东北根据地到当时条件更为艰苦的闽北工作。到闽北后，积极参加组织安排的各项工作，她性情温和，有很强的亲和力，特别是在组织妇女生产自救、支援前线上起到很好的表率作用。进入三年游击战后，条件艰苦，部队住宿不定，她虽是小脚，但总是顽强地行走在队伍中，从不需要别人照顾，从不掉队，行军途中，一有空还主动照顾伤员。

1937 年 1 月，闽赣省委书记黄道在一张包盐用的上海《新闻报》上，获知了西安事变的消息，又在截获的国民党福建省银行的汽车上，发现了《生活日记》杂志，得知了"一二·九"运动。于是秘密派出代表，经几个月的辗转努力，终于在香港与中共中央代表接上头，从此闽北根据地在与中央隔绝二年半后重新回到中央的领导下。

6月底，黄道书记通知黄立贵到省委驻地猪母岗商议建立抗日统一战线工作。接到通知后，7月9日，黄立贵率30余人从邵武、顺昌、将乐交界的七台山下山，冲过敌人设在洪墩桥头村的封锁线，拟从水口寨渡过富屯溪转入建阳。部队趁夜进到宜坊时，与水口寨保长陈华贤接上头，得知水口寨已有敌七十六师一个营把守。为不暴露行踪，黄立贵决定退回王汾村，绕道谢坊村，从王溪口渡河。

7月11日夜，黄立贵到达谢坊村，途中与谢坊联防队遭遇，担任后卫的吴生茂等8人被阻断后退往泰宁。谢坊联防队连夜向驻守拿口的敌七十六师四五六团报告。当黄立贵率余部20多人转到南溪密溪口时遭到敌人伏击，被迫撤出战斗，只得翻越九峰大山转向大竹摆脱追兵，7月13日拂晓才辗转到达离邵武城10余里的宝塔山对岸。

巍巍灵杰塔耸立在河对岸北石歧山羊角峰上，夏日的清晨，有薄岚笼罩在山间，越发衬托出宝塔的巍峨高大。黄立贵还记得五年前第一次解放邵武城，当时的闽北独立团就是驻军于宝塔山下，从这里出发，在邵武与中央红军胜利回师，扩编建立了闽北独立师。当时旌旗招展，气势如虹，会师邵武、激战光泽、保卫黎川、重建闽北根据地……五年来，一个又一个胜利，这座高耸巍峨的灵杰塔就是见证。现在，只要涉过富屯溪，翻越灵杰塔，进入梧桐际村后的大山，不远就是二都老根据地，离省委驻地建

血脉——红军虎将·黄立贵

174

阳黄坑的猪母岗也就只有一步之遥了。这里河面虽宽，但水势潺缓，黄立贵师长抬头望了望北岸北石歧山羊角峰上高耸的灵杰塔，对大家说："同志们，坚持一下，趁天还没大亮，我们赶紧涉过富屯溪，穿过泉水窠到梧桐际休息一下。"大家抖起了精神，一字儿排开，相互照应着，涉过富屯溪。

过河后，黄立贵率部迅速从宝塔山下的泉水窠山谷穿越山脊，到达洒溪桥梧桐际村老关系户家。这里群山环抱，树木掩映，一个小小的山垄只有零星的几户人家，静悄悄的山村人迹罕至。经过连日苦战的黄立贵等20余人又累又饿，煮了点吃的，战士们便躺下休息。黄立贵看着疲惫的战士，心想此地离邵武城尚有十余华里，又是在老关系家，即使被敌人发现，到邵武报信来回也要一两个时辰，在放出警戒后，让战士们安心休息。

但黄立贵不知道，就在他们涉水过河时，有一双贼眼正盯视着他们。这一天，起一大早的泉水窠村伪甲长杨玉发在山坡上早就发现他们，并一路跟踪到梧桐际。看到黄立贵与战士们休息下后，杨玉发利欲熏心，立即进城报告。当赶到离梧桐际仅三四里的故县村时，恰巧遇到巡逻的敌七十六师所属第六连和保安五团七中队共400余人。在杨玉发的带路下，敌人分路包抄，迅速合围了洒溪桥梧桐际村。

摸上山的敌人悄悄干掉疲惫的红军哨兵，当暗哨发现敌人鸣枪报警时，敌人已经将梧桐际整个山垄合围。面对不利的地形，黄立贵大喊一声："掩护老乡突围，不用管我"，便扑向门外，利用门口种植香菇的段木为掩体，向敌人射击。被喊声和枪声惊醒的战士们仓促应战，利用窗户、台阶等御敌。敌人叫嚣着，步步逼近，黄立贵举起驳壳枪，撂倒了几个敌人，然后，往敌群里扔出两颗手榴弹，趁着手榴弹的烟幕，黄立贵命令警卫员带着老关系户和群众突围，自己转身留下来一起阻击敌人。但敌人越打越多，到中午时，驻邵武敌七十六师二三八旅增援部队到达，将一个小小的梧桐际村包围得水泄不通。黄立贵等人一直与敌人交战到中午时分，终因寡不敌众，子弹告罄，除三名战士掩护老关系户和群众冲出重围外，其余十余人，包括虎将黄立贵师长在内全部英勇牺牲。此时，卢沟桥事变已爆发，离蒋介石7月17日在庐山发表全民抗战训示不足一周！

敌人在打扫战场时，从黄立贵遗体口袋中搜出黄道书记的信件和黄立贵师长印信，大为震惊，才知道意外打到"大鱼"。确认是黄立贵后，敌人残忍地割下黄立贵的头颅，用土垃装着送往邵武县城敌七十六师二三八旅报功请赏。黄立贵的头颅被敌人悬挂在邵武东关城门上，示众三天后又被送往光泽敌二十路军总部。

当地群众回忆，黄立贵牺牲的这一天，晴空万里，就在黄立贵牺牲后，天空突然升起一片乌云，电闪雷鸣，周边都没下雨，只有梧桐际暴雨如注，冲洗着烈士们的遗体。梧桐际村的群众在敌人退走后，含泪在暴雨中就地掩埋了黄立贵等红军战士的遗体。

黄立贵牺牲时，年仅32岁。黄立贵与李冬娥夫妻留下一儿一女，儿子黄义先，当时才不到4岁，寄养在老革命徐福元家中。黄立贵夫妻牺牲后，黄义先通过地下交通线来到延安，在周恩来的直接关心下进入延安保育院就学，1948年参加革命工作，新中国成立后，在轻工部就职，1994年在轻工总会机关党委书记岗位上离休，有一子二女。女儿黄秋香从小寄养在老家横峰青石板村老乡家中，新中国成立后才与弟弟黄义先取得联系。

1950年，在镇压反革命运动中，伪甲长杨玉发被押赴刑场，得到应有下场，结束了他罪恶的一生。人民政府为纪念闽北的这位红军再造者和虎将，在梧桐际重修了黄立贵墓。1956 年，崇安列宁公墓修建后，黄立贵墓迁往崇安，梧桐际至今还保留着黄立贵就义纪念碑。

第三十九章

大洲谈判国共合作
闽北健儿北上抗日

卢沟桥事变后，特别是"八·一三"淞沪抗战开始后，蒋介石将"清剿"闽北的主力部队逐步调走，闽北敌我斗争形势相对缓和。闽赣省委黄道书记为了使闽北早日实现国共合作局面，主动向国民党当局表示联合抗战的诚意。

1937年8月13日，就在淞沪抗战爆发的当天，闽赣省军政委员会主动致函南京国民党政府，提出了在南方建立抗日民族统一战线的建议。9月20日，黄道等人又通过光泽县长高楚衡转函给江西省政府熊式辉（当时光泽属江西管辖），认为"目前抗日战事日见紧张，一切抗日力量的大团结，自更刻不容缓"，函电还希望双方派代表进行谈判，并表示"只要与抗日有利，我们无不竭诚接受"。

与此同时，基于与党中央隔绝多年，黄道于9月24日主动致信叶剑英，通过叶剑英与中央取得联系和具体指示。9月底，在闽赣省委的积极努力下，国民党当局同意谈判。为了使谈判工作顺利进行，黄道主持召开了闽赣省委会议。会议决定同意举行国共谈判，确定光泽大洲为谈判地点，并为谈判制定了明确的方针。

9月底至10月初，闽北红军代表黄知真、邱子明同国民党江西省第七保安副司令周中诚、光泽县县长高楚衡在光泽县大洲村举行会谈。谈判中，黄知真、邱子明坚持省委确定的方针，挫败了国民党代表企图将闽北红军改编为江西省保安团的阴谋。双方通过一个星期的谈判，最终达成协议。协议规定，国民党方面必须做到：一、停止内战，一致抗日；二、释放政治犯；三、划出江西省铅山县为红军集结、驻防地点，负责集结期间的红军粮秣、军需供应，保证红军一负责同志前往党中央请示工作的安全。红军方面则做到：一、停止打土豪、分田地；二、停止建立苏维埃政权；三、闽北红军改编为"赣闽边抗日义勇军"，其他听候中共中央指示。

大洲谈判后，国民党当局并没有遵守协定，不断向红军游击队袭扰。在此情况下，黄道决定加大抗日宣传力度，同时，命令红军游击队坚决进行自卫还击，迫使国民党军停止军事行动，实现共同抗日。10月，闽赣省委与陈毅取得联系，得到中共中央分局的指示。11月，在上级指示下，黄道通知闽北各游击区红军纵队、游击队下山集中整编。11月下旬，各地红军陆续到达江西铅山县石塘镇集中。

至此，闽北游击区的三年游击战争结束。

1938年2月9日，在江西铅山县石塘镇召开了改编大会，黄道宣布了新四军军部命令，闽北红军改编为国民革命军陆军新编第四军第三支队第五团，团长饶守坤。2月25日，这支经过三年艰苦游击战血与火考验，保留下来的闽北红军铁军从石塘镇出发，开往抗日前线，投入到抗日洪流中。

参考书目

1. 《中国人民解放军将帅录·第十一分册·黄立贵传》

2. 中共福建省委党史研究室：《福建革命烈士传（六）》，福建人民出版社 1993 年 6 月版。

3. 中共南平地委党史研究室：《闽北革命史》，1992 年版。

4. 《闽北党史资料》（1984 年汇编版）

5. 《闽北党史研究文论选》，鹭江出版社 1993 年版。

6. 《闽北党史回忆集》，1958 年资料。

7. 《方志敏传》，江西人民出版社 1998 年版。

8. 《黄道传》，江西人民出版社 2004 年版。

9. 《邵式平传》，江西人民出版社 2016 年版。

10. 《中央苏区文件汇编》

11. 《中央苏区史料汇编》

12. 《东方军战史》

13. 《福建事变——十九路军反蒋纪实》

14. 《闽北三年游击战争史》

15.《中共闽浙赣边区史》（2014年内部资料版）

16.《福建中央苏区纵横·邵武卷》，中共党史出版社2009年版。

17.《见证岁月·武夷山市文史资料合辑》

18.《邵武革命史》

19.《邵武文史资料》

20.《光泽革命斗争史》

21.《建瓯红色革命史资料选编》

22.《建阳革命史》

23.《红色浦城》

24.《政和文史》

25.《政和革命斗争史话》

26.《顺昌革命史》

27.《将乐革命史》

28.《黎川革命史料汇编》

29.《广丰革命史》

30.《铅山文史资料》

31.《屏南革命史料》

32.饶守坤：《闽北红军虎将——忆闽北独立师师长黄立贵》

33.《战斗在闽北——粟裕回忆录》

34.《从闽北到皖南——陈仁洪回忆录》

35.《闽北党史座谈会文件汇编》（1983年内部资料）

36.《关于闽北革命斗争的回忆——曾镜冰回忆录》

37.《黄知真回忆录》

38.《马长炎回忆录》

39.《方志纯回忆录》

40. 邵武档案馆馆藏 20 世纪 30 年代报纸和资料。

41. 红色中国网

42. 福建党史网

43. 江西党史网

　　我生于20世纪60年代，从小的记忆就是对英雄的敬仰。记得小时候学写毛笔字临帖的都是英雄的名字：董存瑞、刘胡兰、黄继光、邱少云、王杰等等。家住邵武东关，每次路过东关城门都会抬头仰望：这里的城头上曾经悬挂过一个英雄的头颅，家父周传豹告诉我他叫黄立贵，是牺牲在邵武的红军最高将领。父亲指着邵武城东的群山告诉我，黄立贵就牺牲在不远的山后面。一个个黄立贵英勇的故事是父亲周传豹最早种在我幼小的心灵，黄立贵的名字从此深深地刻在我的脑海。

　　2016年底我写的一篇短文《黄立贵血洒梧桐际》发表在《闽北日报》上，恰逢南平市政协组织创作《血脉——闽北革命历史人物》，南平政协文史委主任和勇与我旧识，希望我执笔创作《红军虎将·黄立贵》传记，从没写过传记文学，我只能勉为其难表示试试。黄立贵牺牲已过整整80年，在艰苦战争年代能保存下的史料极为有限，父亲讲述的故事多为碎片和传说，为保证史料的真实可信，我用了一年多的时间，收集、整理有关史料，并根据

183

有限的史料走遍黄立贵生前战斗过的地方，身临其境去探寻黄立贵的战斗历程。在整理史料和走访中，我再次深深地被黄立贵鲜活的事迹所感动，深切体会到革命先烈的忠诚和担当，黄立贵的智勇双全以及英勇豪迈的气概。走得再远，也不要忘记来时的路，一个有希望的民族不能没有英雄，一个有前途的国家不能没有先锋，让后人记住并传承先烈的英雄事迹成了我的一个信念，从而坚定了我创作的信心。

从接受任务到文稿杀青，无数个深夜，我梳理和求证点点滴滴先烈的印迹，三易其稿，创作时经常不觉天色已明。有幸在建党百年前夕出版，既是对先烈的告慰，也是对已仙逝家父的告慰，也是自己信念和一段心路的一个小结。

三年来，南平市政协、南平市委党校、邵武市政协、邵武市委宣传部、邵武市委党校、邵武市党史办等单位和有关同志为我收集资料及创作提供大量帮助，尤其是已年过耄耋之年的黄立贵英烈的儿子黄义先老先生及其家人对我的创作寄予期待和鼓励，并提供资料和指正；省委老领导、原南平地委书记黄文麟为丛书题写书名，在此一并感谢！

周刚峰

2020 年冬于邵武